K Ö L N K R I M I

1 0

im Emons Verlag Köln
herausgegeben von Thomas Maier

Christoph Gottwald, geboren 1954, lebt als freier Drehbuch- und Romanautor in Köln. *Marie Marie* ist sein dritter Köln-Krimi. Er verfaßte ihn während der Monate April und Mai des Jahres 1994 in Port d'Andratx und Köln-Nippes.

Christoph Gottwald

Marie Marie

Emons Verlag Köln

Umschlaggestaltung: Atelier Schaller, Köln
Umschlagzeichnung: Heribert Stragholz
Umschlaglithografie: Klaus Iller GmbH, Köln
Satzerstellung mit WordPerfect Textverarbeitung
Satzbelichtung: Stadtrevue Verlag GmbH, Köln
Druck und Bindung: Clausen & Bosse GmbH, Leck
Printed in Germany 1994

ISBN 3-924491-46-1

Für Maxi, na klar,
aber auch für Elena, Butzi, Laura und Nathalie,
Felix, Lucas und Alfredo
und für Heidi, auch klar, aber aus anderem Grunde

Dank an Alan Benkovic und Manfred Schmidt

I

»Was hat die Frau, Papa?«

»Keine Ahnung.« Fest umschloß Manni das kleine Pfötchen, das sich vertrauensvoll in die Fläche seiner linken Hand schmiegte, und zog Marie mit sich. Doch das Mädchen setzte nach, blieb hart am Ball. »Keine Ahnung«, ist nicht die Antwort, die eine fünfeinhalbjährige Tochter ihrem Vater so mir nichts dir nichts durchgehen läßt. Schließlich weiß der Papa ja sonst immer alles, wenigstens tut er immer so. Manchmal hatte sie ihn natürlich schon erwischt; einmal, als es um den Text von einem Lied ging, zum Beispiel. Da hatte sie ihn gefragt, ob er *Häschen in der Grube* singen könnte. »Klar«, hatte Papa gesagt und gleich losgesungen. Marie fand sowieso, daß Mama besser singen konnte als Papa, aber bis damals hatte sie wenigstens gedacht, daß er die Worte kannte, die in die Lieder gehörten, die er sang. Aber *Häschen in der Grube* hatte sie nun mal genau an dem Vormittag im Kindergarten gelernt, und da wußte sie natürlich, daß Papa gerade einen ziemlichen Blödsinn vor sich hinbrummte – von wegen Häschen, die zuviel Schnaps getrunken hätten und so weiter ...

Marie bockte, stemmte die Beinchen gegen die Laufrichtung und blickte zur Tür der Kneipe auf der anderen Seite des Eigelsteins rüber.

»Aber die Frau schreit doch und weint!«

»Mama wartet auf uns«, versuchte Manni ein Ablenkungsmanöver, »wir wollten doch zusammen Eis essen gehen!«

Keine Chance.

»Aber der Mann hält sie fest, Papa ... und was schreit die Frau die ganze Zeit? Ist das Englisch?«

»Russisch«, sagte Manni.

»Polnisch«, belehrte der alte Mann, der gerade an ihnen vorbeiging. Wenn Manni eins nicht leiden konnte, dann Besserwisser, die einen vor dem eigenen Fleisch und Blut schlecht aussehen ließen. Jetzt waren seine Karten natürlich verdammt schlecht gemischt. Und Maries tadelnder Blick machte ihm dies überdeutlich. Und alles nur wegen diesem alten Trottel.

»Warum hilft der Frau keiner?«

Das mußte ja kommen. Klar, gute Frage. Da wechselten hundert Leute die Straßenseite, starrten weiterhastend auf die Betonplatten des Bürgersteigs zu ihren Füßen, nur um bloß nicht der Frau zu helfen, die da offensichtlich von einem Typen fertiggemacht wurde. ›Sind ja nur Polacken, sollen sie sich doch gegenseitig killen, werden ja doch nur von uns mit durchgefüttert.‹

»Papa, jetzt sag doch, warum!?« Gnadenlos, dieses Kind.

Manni verstärkte die Ziehkräfte. »Weil alle Schiß haben, hilft ihr keiner«, sagte er, »und weil ihnen ihre eigenen Probleme ausreichen.«

»Hast du auch Schiß?« Und dazu der entsprechende Blick. Das saß wie ein Patentdübel im Backstein. Kinder konnten verdammt brutal sein. Die eigenen vor allem.

»Nee«, knurrte Manni, »... aber eigene Probleme ...« Schon wieder ein fataler Fehler.

»Was für Probleme?« Jetzt war Marie echt besorgt, sogar eine Spur von Schuldbewußtsein verfinsterte für Sekunden ihren unschuldigen Blick. Bitte nicht! Nur nicht diesen Blick! Immer müssen Kinder sich für alles verantwortlich fühlen! Dieser Egoismus! Klar, seit sie da war, hatte sich manches Problem aufgetan, wegen ihr, oder besser gesagt, mit ihr – zu dritt eben. Weil man ja gerade erst dabei gewesen war, es zu zweit so halbwegs störungsfrei in den Griff zu kriegen. Und dann war alles natürlich schon wieder ganz anders – mit so einem Wurm an der Backe und keinem blassen Dunst in der Birne, wie man es anstellen sollte, daß aus ihm was Anständiges würde – nicht so eine verstrickte Socke wie man selber eine war. Väterlicherseits gesehen. Marlena hatte die Mutter Gottes ja nie von der Wand genommen – selbst in der Zeit nicht, als sie sich täglich eine *line* in die hübsche Nase geschnieft hatte. Aber das war nun wirklich schon sehr lange her. Der Schnee von gestern war schlagartig mutiert zu halbadaptierter Babynahrung, volvic-löslich, der Schrott im Großhirn zu Kacke in der Pampers.

»War nur so dahergesagt, Marie«, versuchte sich Manni den letzten Rettungsring um's Gemüt zu legen.

Sie sagte nur:

»Papa ...!«

Sie hatte ja Recht, die Kleine. Die Frau brüllte wirklich ganz erbärmlich.

Manni schaute Marie streng an. »Aber du bleibst auf dieser Straßenseite und hältst dich schön an der Parkuhr fest, bis Papa wieder da ist, verstanden?!«

Marie nickte, plötzlich verängstigt. Ob sie sich die Konsequenz so vorgestellt hatte? Egal. Nur durch Erfahrung lernt der Mensch, labern kann jeder. Muß die Kleine eben mal hautnah miterleben, was passiert, wenn man dem Papa in dieser Form auf die Ehre pinkelte.

Als er die Straße überquerte, schaute er zum ersten Mal richtig hin, was da überhaupt Sache war. Eine junge, auf den ersten Blick durchaus attraktive Frau in kürzestmöglichem Minirock schrie und heulte, als ging's um's Eingemachte, und ein Typ in schlechtsitzender Jeansjacke, ungefähr Mannis Gewichtsklasse, hielt ihre Oberarme umkrallt und schüttelte ihre zierliche Figur, daß die wasserstoffblonden Haare wild in der Luft umherfeudelten.

Manni peilte die Situation. Einfach draufhauen war nicht. Da kam er nachher noch selbst für in den Bau. Diskutieren war auch nicht. Außer *Pivo* kannte er kein polnisches Wort – wenn das überhaupt ein polnisches Wort war. Vielleicht doch ein russisches? Jugoslawisch? Tschechisch …? Egal. Selbst wenn's polnisch wäre, und er würde »Pivo, Pivo!« brüllen, könnten die beiden Streithähne denken, gleich gäb's Freibier. Und nach allem, was man ihm so über diese slawischen Seelen erzählt hatte, stünden die Chancen dann zwar nicht schlecht, daß so ein verlockendes Angebot den Streit auf der Stelle beendete – aber dann wäre er in der Pflicht. Und mit wildfremden Leuten Kampftrinken zu veranstalten, hatte Manni längst drangegeben. Spätestens seit Marie seine Welt durcheinandergewirbelt hatte, oder neu geordnet – wie man's nimmt.

Manni holte tief Luft, packte den Typ von hinten im Schraubstockgriff, drückte seine ineinander verschweißten Fäuste in dessen Solar plexus und brüllte:

»Stalin!«

So ganz war ihm nicht klar, warum er ausgerechnet dieses Wort gebrüllt hatte. Eher war er einem Instinkt gefolgt. Und auf seine Instinkte hatte er sich immer ganz gut verlassen können. Auch diesmal sah alles wieder nach einem Volltreffer aus. Der Blick der Frau schlug einen Salto mortale, ihr überschminktes Erdbeermäulchen verstummte in Form eines O. Und der Typ in Mannis Armen erschlaffte wie ein Schwimmreifen in einer Rosenhecke.

Auf jeden Fall schien Stalin noch zu funktionieren. Auch bei der jungen Generation. Manni hob den Typ einfach hoch und drehte sich mit ihm im Arm um. Jetzt stand er zwischen den beiden. Der Typ im Schraubstock seiner Arme vor ihm, die Frau hinter ihm. Die Frage: *Was nun?* beantwortete eindringlich der weibliche Part des flotten Dreiers. Wie sie es genau geschafft hat, bleibt für immer ein Rätsel. Gut, Mannis O-Beine mögen ihren Teil dazu beigetragen haben. Wo für den Cowboy das Pony zuständig ist, müssen beim mitteleuropäischen Jungen eben täglich zwei Stunden Fußball herhalten. Manni hatte täglich dreieinhalb Stunden gespielt. Trotzdem. Es bleibt ein Rätsel. Auf jeden Fall gelang es dieser schmächtigen, eben noch herzerweichend herumplärrenden Frau, ansatzlos eine Spitze ihrer pinken high-heels dermaßen versiert und effektvoll zwischen Mannis Eier zu bummern, daß er für Bruchteile einer Ewigkeit neben Commander Spock durch die H-Milchstraße schoß.

»Wer ist Stalin?«

»Und wer bist du?«

»Papa . . . !«

Marie schob ihr Pfötchen in seine Hand. Kein Wort mehr gegen Wunderheiler. Da strömte Energie.

»Weißt du noch, wo wir wohnen, Schätzchen?« Manni versuchte, einen der unter seinen Füßen durchglitschenden Androiden zu entern.

»Klar«, antwortete Marie, »da drüben.«

»Dann bring uns hin«, sagte Manni, »aber schön langsam. Dein Papa ist schließlich kein Space-Shuttle.«

»Weiß ich doch, Papa. Bist ja nicht aus Blech.« Goldig, die Kleine. Noch zwei Monate, und er konnte sie zum Bierholen an's Kiosk schicken.

»Weißt du, was ich toll fand, Papa?«

Jetzt kommt der Lohn der Heldentat! Ja, das geht runter wie Schmieröl. Vergessen der Schmerz, vergessen der Ritt durch's All!

»Was denn, mein Schatz?« Bloß nicht mit der Stimmlage vorgreifen! Keine Suggestion. Das spürt ein Kind. Gelassenheit, Souveränität. Eine positive männliche Identifikationsfigur abgeben. Daran hapert es heutzutage doch an allen Ecken und Enden.

»Sag nur, Marie, was fand's du so toll?«

Der Blick zu ihm hoch. Ein Blick, den er sehr gut kannte. Aber immer in ganz anderem Zusammenhang. Eine furchtbare Ahnung befiel ihn. Und sie wurde prompt bestätigt.

»Kaufst du mir auch so welche?«

Die Psyche eines Kindes ist unergründbar und bodenlos. Manni blieb stehen und starrte Marie in die bittenden Augen.

»Was soll ich dir kaufen?« Er stotterte fast. Er wußte, was jetzt kommen würde. Und er war machtlos. Geschlagen, entmannt.

»So pinke spitze Schuhe.«

Androiden! Taucht ab in die Tiefen des Sternenmeers! So lange es noch nicht zu spät ist ...

II

Blaß sah sie aus. Blaß, kaputt und seltsam. Matte Schatten hatten den Glanz ihrer Augen niedergerungen. Fettige Haare, als hätte man sie ihr nur angeklebt, pappten am hoffmanngestärkten Kopfkissenbezug.

Aber wer sieht im Krankenhaus schon gesund aus? Und erst recht im Marien-Hospital hinter Unter Krahnenbäumen? Da sehen sogar die Schwestern und Ärzte so aus, als sollten sie sich lieber gleich zu ihren Patienten ins Zimmer legen. Ins selbe Bett natürlich nicht. RTL drehte im Nebentrakt ja nur *Die Stadtklinik*, und nicht *Beim Katheter-Peter steht er*, den 57. Teil des Nachtschwesternreports, oder sonst irgendeinen Schweinkram ...

»Oh, nein, Schatz ... « Manni beugte sich zu Marlena hinab und küßte ihre Stirn.

»Hallo, Mama, gehn wir jetzt Eis essen?«

»Komm mal her zu Mama ... «

Manni gab die Landebahn frei, und Marie schlang ihre zarten Arme um Marlenas ermatteten Nacken und drückte drauflos, so fest sie konnte. Marlena schloß die Augen und seufzte erlöst. »Das tut gut, Dulcissima, ... so gut ... «

Jetzt lagen sie schon eine halbe Ewigkeit so. Schmusten, knuffelten, Baci hier und Baci dort. Manni trat beunruhigt von einem Fuß auf den nächsten. »Sag mal, ich will dich ja nicht nerven«, setzte er vorsichtig an, »aber der Zettel auf dem Küchentisch war'n ziemlicher Schock für mich.«

»Für mich auch!« bekräftigte Marie altklug, ließ sofort von ihrer Mama ab und solidarisierte sich auch per Körpersprache mit ihrem Papa, indem sie sich rührend darin erprobte, genau wie Manni auf den Fußsohlen zu wackeln und sich seinen besorgten Blick im Gesicht zu plazieren.

Marlena streckte ihre Arme aus und umfaßte mit einer Hand die ihrer Tochter und mit der anderen die ihres Mannes. Jawohl, die beiden hatten geheiratet. Weil Ex-»Mama« und jetzt »Oma« Sandini gedroht hatte: sonst würde Mannis lebenslängliches Pizza-Abo storniert, das er sich in seinem früheren Leben hart hatte erarbeiten müssen. Wenn's damals nicht noch mal haarscharf gut gegangen wäre, säße Papa Sandini jetzt nicht auf einem Weinberg in den Abruzzen, sondern immer noch im Klingelpütz – und Manni läge auf Melaten. Oder man hätte seine Asche aus einem Helikopter in den Fühlinger See gestreut. Und Marie planschte noch im Urschlamm. Oder würde als Gänseblümchenfragment im Allgäu gerade von der Milkakuh zum sechsten Mal wiedergekäut.

Daß die Pizza-Geschichte in der versprochenen Form nicht mehr lief, ist eine andere Sache. Sei's drum. Für Marlenas Pasta ließ er eh jede Pizza im Ofen verbrennen.

Marlena strich mit ihren beiden Daumen sanft über die Handrücken ihrer Kleinfamilie.

»Ich war heute nachmittag bei meiner Frauenärztin«, sagte sie beherrscht, »und sie hat mich sofort zur Untersuchung in die Klinik eingewiesen.«

Manni starrte sie besorgt an. »Mamma mia ...«

War sein Blick tatsächlich in unterdrückter Panik kurz über Marlenas Busen gestreift? Manni hätte bei seiner Levi's 501 geschworen, dem sei nicht so gewesen. Wenigstens nicht bewußt, und schon gar nicht gewollt. Aber manchmal verfügen Frauen eben über eine zusätzliche Wahrnehmungsdimension. Lächelnd bewegte Marlena die Quellen seiner fast täglichen Freude unter dem spack aufliegenden Bettzeug züchtig hin und her.

»Keine Sorge, Ragazzo«, sagte sie beruhigend und unterstrich ihre Aussage mit einem tiefen Atemzug, der die zwei prächtigsten Hügel des Apennins für Sekunden zu voller Pracht auferstehen ließen. »Kein Verdacht auf irgendeinen Krebs.«

»Aber ...« Mehr kam nicht raus aus Mannis ausgetrockneter Kehle.

»Ich bin schwanger«, sagte Marlena.

»Du kriegst 'n Baby?!« jubilierte Marie.

Was verstand so ein Balg schon von knallharter Familienplanung? Vom täglichen Kampf um's nächste Sparpaket Pampers? Natürlich hatte Manni ihr auch nicht auf die süße Stupsnase gebunden, daß er nur wegen ihr mit gelben Fingern rumlief, weil er jetzt schon volle fünf Jahre drehte – drehen mußte. Und in den Bierdosen, die's beim Aldi für 49 Pfennig gab, war auch kein Kölsch aus dem Hause Reissdorf drin ...

»Ja, ich mein ..., gut ...« stammelte er, »kriegen wir wohl irgendwie auch noch groß ...«

Marlena nickte matt. »Vielleicht ...«

»Du hast ja gar keinen dicken Bauch, Mama? Wo ist denn das Baby?« meldete sich Marie zu Wort.

»Und warum bist du überhaupt ...?« legte Manni besorgt nach.

Marlena schaute Manni an. »Verdacht auf Bauchhöhlenschwangerschaft«, sagte sie gefaßt.

»Was bedeutet das?« fragte Manni bangend. »Mußt du jetzt sechs Monate ...?« Er sah sich bangend in dem kargen Krankenhauszimmer um.

Marlena schüttelte den Kopf. »Sie haben mich heute untersucht, und morgen werden sie mich auch noch untersuchen. Und morgen abend bin ich wieder bei euch.«

»Mit dem Baby?« wollte Marie voller Vorfreude wissen.

Marlena zog Marie zu sich hinab und küßte sie auf die Stirn.

»Es kann sein, daß das Baby dann nicht mehr in meinem Bauch ist ...«

»Aber, Mama ...?«

»Es ist noch ganz, ganz klein, das Baby, verstehst du?« Marlena stiegen Tränen in die Augen, aber sie kam durch, ohne daß Marie etwas davon mitbekam. »Es ist eigentlich noch gar kein richtiges Baby. Und es kann sein, daß wir es nicht bekommen können.«

»Wer bekommt es dann?«

Marlena zögerte einen Moment, suchte nach einer passenden Antwort. »Es geht zurück ... sozusagen ...«

»Wohin?«

»In den Himmel.«

»In den Himmel?«

Jetzt mußte Manni sich einmischen. »Dahin, wo wir alle herkommen, und wohin wir wieder gehen, eben.«

»Kann das Baby denn schon gehen?«

»Hör zu, Kleines«, Marlena drückte sie an sich, »ich erklär dir alles morgen abend, wenn ich wieder bei euch bin, einverstanden?«

Zögern. Dann das erlösende: »Einverstanden.«

Manni atmete erleichtert durch.

»Du gehst jetzt schön mit Papa nach Hause«, sagte Marlena, »und ihr zwei macht euch einen netten Abend. Und dann gehst du ganz brav ins Bett, und morgen bringt dich Papa in den Kindergarten und holt dich wieder ab. Und dann kommt ihr beiden mich hier abholen.«

»Ist gut«, sagte Marie. »Und was kocht mir der Papa gleich zum Abendessen?«

»Darüber reden wir auf dem Nachhauseweg«, sagte Manni.

»Können wir nicht bei ... ?«

»Doch, Schätzchen«, sagte Marlena lächelnd, »wenn Papa Lust dazu hat, könnt ihr ruhig zu McDonald's gehen.«

Da waren die Gene machtlos. Oma eine tolle Köchin, Mama eine tolle Köchin, Papa ein toller Esser, aber gegen eine Juniortüte wäre selbst die Ente von Lehel machtlos gewesen.

Hand in Hand traten Papa und Tochter aus dem Krankenhausportal in den kühlen Maiabend hinaus.

»Moment mal«, sagte Manni und kramte sein Feuerzeug aus der Jacke, machte sich eine seiner Selbstgedrehten an.

»Daß du immer rauchen mußt, Papa ... «

»Der eine raucht, der andere spielt ... «

»Da spiel ich lieber.«

»Ist auch gut so.«

»Wie süß!«

Wo der Mann hergekommen war, hatte Manni nicht bemerkt. Wie der Geist aus dem Gully stand er neben Marie und hielt ihr eine kleine Babuschka vor die Nase. Ein Typ in schlechtsitzender Jeansjacke. Manni packte Maries Hand. »Komm, wir gehen.«

Aber der Typ hatte schon die äußerste Babuschka geköpft und die zweite zum Vorschein gebracht.

»Kenne ich«, trillerte Marie verzückt, »hat Laura auch, so eine Babuschka, da kommen jetzt acht Püppchen raus, und das letzte ist am süßesten!«

»Du hast genug Spielzeug«, sagte Manni streng.

»Bitte Papa, kauf mir die!«

»Ich kaufe kein unverzolltes Diebesgut.«

»Ist nicht geklaut, gehört meiner Schwester«, sagte der Typ in ähnlichem Tonfall, wie Karel Gott seine Interviews gibt.

»Ist jetzt deine Babuschka.«

Marie konnte ihr Glück kaum fassen. Manni kapierte das nicht. War der ein ganz abgepitschter Kinderschänder, der es sogar vor den Augen des Papas versuchte? Oder war die geschenkte Babuschka nur der Einsteig, weil er um die Ecke eine Kiste Kalaschnikows geparkt hatte, die er Manni gleich für drei Stangen Marlboro anbieten würde?

»Aber sie gehört doch deiner Schwester, hast du gesagt«, fragte Marie und zögerte noch mit dem Zugriff.

»Jetzt gehört sie dir.« Er lächelte. Nett, warm.

»Und warum?« Manchmal hat's auch Vorteile, wenn Kinder so beharrlich nachhaken.

»Weil du einen netten Papa hast.«

Was denn? Auch noch schwul? Dann kapierte er.

»Stalin«, sagte Manni. Und der Typ lächelte frech.

»Und was soll das? Hast du deine Alte ordentlich verdroschen? Und jetzt willst du's an meiner Tochter wieder gut machen, oder was?« Manni hatte keinen großen Bock, hier Wurzeln zu schlagen.

»Ich wollte es dir erklären«, sagte der Typ.

»Interessiert mich nicht die Bohne.«

»Hast du auch Hunger?«

Oh nein, dieses Kind!

»Wir gehen nämlich jetzt zu McDonald's. Kannst ja mitgehen.«

Der Typ zuckte die Schultern, sah Marie freundlich an. »Ich glaub nicht, daß dein Papa das will ...« sagte er. Manni wollte diese Einschätzung der Lage gerade vehement bestätigen, aber wieder kam Marie ihm zuvor.

»Ich darf auch mal was bestimmen!« sagte sie trotzig und blickte ihren Papa siegesgewiß an. Manni rollte mit den Augen, aber Marie kapierte es nicht. Oder sie kapierte es doch. Sie hatte eigentlich ein ganz gutes Gespür für Leute. Schon als ganz kleiner Wurm hatte sie gleich losgebrüllt, wenn irgendwelche Affen sich zu ihr in den Kinderwagen runterbeugten und »Kulle-Kulle« machten. Aber als Charly zum ersten Mal in ihr Leben getreten war, da hatte sie ihre Ärmchen hochgereckt und »öröh« gesagt. Und Charly hatte angefangen zu heulen. Der gute alte Charly. So sind sie, die Jungs. Bumsen sich durch halb Köln, und wenn man ihnen dann mal konkret vor Augen führt, wofür das eigentlich gedacht ist, kriegen sie voll die Rührung. Aber nur kurz. Einmal kräftig die Nase hochgezogen und schon war er wieder obenauf. »Glück gehabt, die Kleine«, hatte er gesagt, »ganz die Mama.« Das alte Arschloch.

»Wie heißt du denn«, wollte Marie jetzt auch noch wissen.

»Andrzej«, antwortete er.

»Ändi?«

Er lächelte. »Ändi geht auch.«

»Dann komm jetzt, Ändi«, bestimmte sie, »in der Juniortüte sind nämlich Dinos drin. Zwei hab ich schon. Den Tyrannussaurus Rex aber noch nicht.«

»Aha«, sagte Manni, um nicht ganz aus der Konversation rausgekickt zu werden.

III

»Darf ich noch eine Kassette hören?« So zuckersüß sprach sie nur, wenn sie ihrem Papa etwas abforderte, was bei der Mama nicht durchging.

»Okay«, sagte Manni, »aber dann wird geschlafen!«

»Ist gut.«

Manni lehnte die Tür an.

»Papa!«

Er schaute wieder in ihr Zimmer. »Was ist?«

»Komm mal, Papa.«

Manni ging zu ihr. Die Babuschka lag neben ihrem Kopf auf dem Kissen, der Tyrannus aus der Juniortüte auch. Marie zog Mannis Kopf zu sich hinab und gab ihm einen Kuß. Und gleich noch einen.

»Bist mein kleines Schätzchen«, flüsterte er ihr ins Ohr. »Und wenn wieder die Gespenster kommen, dann sag ihnen, daß dein Papa dich beschützt.«

»Mach ich«, sagte Marie.

»Dir kann nichts passieren. Niemals.«

»Dann laß die Tür ein bißchen auf, Papa.«

»Ist doch klar.«

Marie schaltete ihren Mini-Blaster an und ging mit Pippi Langstrumpf auf die Reise nach Taka-Tuka-Land.

Manni trat auf den Flur hinaus. Irgendwo hatte er doch noch eine halbvolle Flasche Wodka versteckt? Er fand sie im Kasten der Klospülung und ging damit ins Wohnzimmer. Ändi saß auf dem überdimensionierten Brokatsofa, das für Oma Sandini einst die Erfüllung eines Herzenswunsches gewesen war, und sah MTV. Manni stellte zwei Gläser und die Flasche auf den Couchtisch.

»Für mich nicht«, sagte Ändi. »Keine harten Sachen.«

Manni glotzte ihn verdattert an. »Du bist Pole und säufst keinen Wodka? Und rauchen tust du auch nicht?«

»Ich bin Sportler«, sagte Ändi.

»Und was für'n Sport soll das sein?« wollte Manni grinsend wissen. Aber dann grinste er nicht mehr. Ändi zog seine Jacke aus, streckte die Arme vor, holte Luft und vollführte aus dem Stand einen Wirbel an Schlägen und Tritten, der augenblicklich das Blut aus Mannis Adern verscheuchte. So was hatte er noch nie gesehen. Der Knabe war eine Waffe. Grazil wie eine Raubkatze, perfekt wie Nurejew in seinen besten Jahren, knallhart wie ein Dampfhammer der Firma Kung-Fu. Pures Dynamit.

Und dann war es auch schon vorbei. Ändi zog seine Jacke wieder an und ließ sich auf's Sofa fallen.

»Da bin ich ja irgendwie noch ganz gut bedient worden, heute nachmittag«, sagte Manni beeindruckt, »mit der Schuhspitze im Schritt ... «

Ändi zog die Augenbrauen über seinen stahlblauen Sehorganen zusammen. »Was? Wie?«

»Unten vor der Kneipe«, half Manni nach, »Stalin und Konsorten, ... als ich dich von dem Girl getrennt habe ... «

In Ändis Blick rangen schlechtes Gewissen und gern verdrängte jüngste Vergangenheit.

»Hat's sehr weh getan?« fragte er besorgt.

»Ist noch alles dran, soweit«, beruhigte ihn Manni. »Geht sie für dich anschaffen?«

Granate. Volltreffer. Ins eigene Lager.

»Was?!« Ändi starrte ihn völlig baff an. »Meinst du etwa, ich bin Zuhälter?«

Manni versenkte den Schnaps in seiner Kehle.

»Was hast du denn sonst mit der Prunze da unten am Hut gehabt?«

Eine tiefe Trauer verfinsterte für Momente Ändis Blick. Und was danach zurückblieb, war das, was nur die sehen und verstehen, die es selber haben. Den anderen macht es Angst. Seine Seele war tätowiert. So wie Mannis Seele auch tätowiert war.

»Schläft deine Tochter?« fragte Ändi leise.

»Du kannst reden«, beruhigte ihn Manni, »sie hört uns nicht.«

Ändi richtete seinen Oberkörper auf. Manni sah ihn an. Er war ein hübscher Kerl, eigentlich. In neuen Klamotten, mit einer Frisur von Michaelis, und spätestens nachdem sich herumgesprochen hätte, was seine Fußspitzen und Handkanten draufhatten, wäre jeder Schuß im Neuschwanstein vor ihm weggeschmolzen. Auf die Knie. Erst mal.

»Ich suche meine Schwester«, sagte er.

Manni machte sich sein Wodkaglas wieder voll. »Erzähl.«

»Ist schnell erzählt«, begann Ändi. »In Polen, wo wir wohnen, war eine Anzeige in der Zeitung. Gute Jobs in Deutschland für junge Frauen mit Sprachkenntnissen. Irina hat sich gemeldet. Sie bekam einen Termin bei einer polnischen Frau, und die hat ihr gesagt, alles sei toll und seriös, sie könne in Köln als Übersetzerin arbeiten.«

Er brach ab, sah Manni traurig an.

»Hört sich doch gar nicht so schlecht an«, versuchte Manni ihn aufzumuntern.

»Nach drei Wochen kam ein Brief«, erzählte Ändi unbeirrt weiter. »Sie schrieb, sie hätte zwar eine kleine Wohnung, aber mit dem Job würde sich alles zu sehr verzögern, das Geld wäre auch knapp. Wenn es bis nächste Woche nicht geklappt hätte mit einer Arbeit, käme sie zurück.«

»Wie lang ist das her?« fragte Manni.

»Vier Monate.«

»Das hört sich schon nicht mehr so gut an.« Nachdenklich schaute Manni ihn an. »Hast du ein Foto von ihr dabei?«

»Sicher.« Ändi zog ein Foto aus seiner Jackentasche und reichte es Manni. Ein kurzer Blick genügte.

»Oh Scheiße«, murmelte er. Das Mädchen war ein Hochofen. Miß Moldau 94 ein Durchlauferhitzer dagegen. Und da war noch etwas ...

»Irina hätte sich in jedem Fall bei uns gemeldet«, sagte Ändi. »Sie ist absolut korrekt und hängt sehr an unseren Eltern.«

Manni starrte das Foto an. Verdammt, sah sie nicht aus wie eine jüngere Schwester von Marlena? Der Schnitt der Augen, die vollen Lippen, die Haarfarbe ... Wenn sie Marlena nach Ägypten oder sonstwohin verschleppt hätten und er liefe in Kairo herum, besessen von der Idee, sie wiederzufinden. Ohne einen Freund, der sich auskannte. »Steck's besser wieder weg.« Manni reichte Ändi das Foto und bemühte sich, seine innere Wut anzuketten.

»Und was hat die Frau, die du heute nachmittag durchgeschüttelt hast, damit zu tun?«

»Sie war der Kontakt«, antwortete Ändi, »sie war unter der Telefonnummer aus der Anzeige zu erreichen ...«

Sollte er noch mehr Wodka saufen? Oder lieber nicht? »Verstehe«, sagte Manni. »Und ich verstehe deine Angst und die von deinen Eltern. Sie ist verdammt berechtigt.«

»Hast du eine Idee ...?« fragte Ändi mit wenig Stimme und viel Hoffnung.

»Ich bin völlig weg von der Straße«, antwortete Manni kopfschüttelnd. Doch noch einen Schluck Wodka. Und dann verankerte er seinen Blick im kristallklaren Blau von Ändis Augen. Terrence Hill grüßte aus der Sierra Nevada per Kontaktlinse. Ändis Augenfarbe war echt. »Paß auf«, sagte Manni, »morgen kommt meine Frau wieder aus dem Krankenhaus raus, da könnte ich abends mal für'n Stündchen mit dir ins Blue Shell gehen.«

»Blue Shell?«

»Die Kneipe gehört meinem alten Kumpel Charly, und der kennt jeden Kanaldeckel in Köln. Und jede Ratte, die darunter wohnt.«

»Das würdest du für uns tun?«

Manni nickte schulterzuckend.

»Danke.«

»Schon gut.«

Ändi war echt gerührt. Und Manni auch, weil eben Ändi wegen so 'ner Kleinigkeit so gerührt war. Und das konnte er nicht gut ertragen.

»Sag mal«, erlöste er sich und die Situation, »wieso sprichst du eigentlich so gut deutsch?«

»Meine Großeltern sind deutsche Juden«, sagte Ändi, »sie haben sich damals mit ihren drei Kindern aus Bamberg zu Verwandten nach Warschau durchgeschlagen.«

»Und warum nicht Madrid? Oder sonstwohin, wo die Nazis nicht auf der Schwelle standen?«

»Meine Großmutter wollte ihre Mutter nicht allein in Polen zurücklassen«, erklärte Ändi. »Sie wollte sie überreden, mit nach Amerika auszuwandern.«

Manni nickte. »Und als sie die Mutter endlich überredet hatte, kam nicht mal mehr eine Maus aus Polen raus.«

»Genau«, bestätigte Ändi, »und in Warschau wurde das Judenghetto eingerichtet. Meine Familie versteckte sich auf dem Land, in der Nähe der russischen Grenze.«

»Und da sind sie geblieben?«

Ändi nickte. »Mein Vater hat die Tochter von einem Tierarzt geheiratet, und mit seinem Schwiegervater, also meinem polnischen Opa, hat er die Praxis zusammen gemacht.«

»Erinnerst du dich noch an meine Frage?«

»Klar, ist ja noch nicht so lang her, seit du sie gestellt hast.« Ändi lächelte ihn an. »Mein Vater wollte unbedingt, daß Irina und ich seine Muttersprache lernten.«

Manni nickte langsam. Sollte er sich sein Glas noch mal voll machen? Und was, wenn Marie weder Erwarten doch gleich aufwachen sollte, und er diesem unschuldigen Wesen seine peinliche Fahne um die Nase wehen ließ? Aber Wodka stinkt ja nicht. Sagt man. Aber man selber stinkt sich.

»Und wo wohnst du?« fragte Manni scheinheilig und ließ Befehl von Hirn an Hand erteilen, vorerst keinen weiteren Kartoffelschnaps in die Adern zu lassen.

Ändi war's fast peinlich, die Frage zu beantworten. Eine schnelle Gegenfrage hilft manchmal. »Hier in Köln?«

»Ja.« sagte Manni. Und er nickte dazu.

»In der Annostraße ... «

»Oh nein! Im Säuferasyl?«

»Nein«, lachte Ändi, »bei ein paar Punkern.«

»In dem besetzten Haus ... « Manni schüttelte zweifelnd den Kopf.

»Kann sein. Ich habe die Jungen auf der Domplatte angesprochen. Und da schlafe ich jetzt.«

»Seit wann?«

»Seit zwei Wochen.«

Manni sah ihn an. Und dann war ein Entschluß da. Von woher auch immer er gekommen war. Egal. Manni konnte nicht mehr anders. Er mußte ihm helfen, Marlenas kleine Schwester vom Strich zu holen. »Paß auf, mein Guter, da wir morgen ja eh einen Termin mit Charly wahrnehmen wollten, und Marie dich schon in ihr Herz geschlossen hat, pennst du heute nacht hier auf dem Sofa, okay?«

»Manni ... «

»Kein Sprechen mehr!«

IV

Ding-Dong, Ding-Dong, Ding-Dong ...

Manni riß die Augen auf, ertastete den Schalter der Nachttischlampe, drückte drauf.

Ding-Dong, Ding-Dong, Ding-Dong ...

Manni holte sich den Wecker vor die verquollenen Augen. Drei Uhr! Wer, verdammt, schellte um drei Uhr nachts bei ihm, dem braven Familienvater Manfred Thielen, Sturm, als müßte die Bude evakuiert werden?! Gleich würde auch noch Marie aufwachen ...

Marlena! Es war irgendwas mit Marlena! Ein Blitz durchzuckte sein Hirn. Müdigkeit? Was ist das? Schon stand er in der Tür, schon hastete er den Flur runter. Ding-Dong, Ding-Dong, Ding-Dong ...

Er packte den Knauf, drehte ihn, riß die Wohnungstür auf.

»Herr Thielen?« sagte ein junger Mann in schlecht sitzendem grauen Zwirn.

»Der bin ich«, sprudelte Manni. »Was ist passiert?«

»Ziehen Sie sich etwas an, und kommen Sie mit«, sagte der zweite Mann und schob sich und seine Lederjacke aus dem Windschatten seines Kumpans. Er hielt eine Dienstmarke unter Mannis Nase und sagte: »Köhler, Kriminalpolizei.«

»Mein Name ist Dietz«, zog der Zwirn eilig nach.

»Kripo?« Manni starrte die Marke an. Doch dann war sofort wieder das Andere da. Die Angst.

»Was ist mit Marlena?! Macht das Maul auf!« schrie er.

»Marlena?«

Ruhe bewahren.

»Wir wissen nichts von einer Marlena.« Warum glotzte er Manni dabei nur so skeptisch auf den nackten Pimmel? Kripo-Leute sind eben eine Kaste für sich. Unergründlich. Tiefseetaucher im Zahnputzglas. Sei's drum, der erste Schock war vorüber. Es konnte nur noch besser werden. Dachte Manni.

»Oberkommissar Schumacher will mit Ihnen reden«, sagte Dietz.

»Um drei Uhr morgens?«

»Kommen Sie!« befahl Köhler. »Und ziehen Sie sich etwas an.« Wieder der Blick auf den Pimmel.

»Wie stellen Sie sich das vor? Meine Frau ist im Krankenhaus, und meine Tochter haben Sie mit Ihrem dämlichen Geklingel fast geweckt!« polterte Manni. »Ich kann hier nicht weg!«

»Ich meine ...« Das kam aus Mannis Rücken. Er dreht sich um. Ändi stand in der Tür zum Wohnzimmer. In seiner Polska-Jeansjacke.

»Sei mir nicht böse, Ändi«, bemühte sich Manni um eine gedämpfte Tonlage, »aber halt dich da raus!«

Weg war Ändi aus dem Türrahmen. Aber aus der Tür zum Kinderzimmer lugte ein dunkelblonder Wuschel hervor.

»Papa?«

»Da sehen Sie, was Sie angerichtet haben!« fuhr Manni die nächtlichen Ruhestörer an. »Haben Sie Kinder? Wissen Sie, was es heißt, die Kleine jetzt wieder auf die Taka-Tuka-Insel zu beamen?!«

Er ging den Flur entlang, nahm Marie in den Arm und kam mit ihr zur Wohnungstür zurück.

»Ist ja gut, Süße«, sagte er, »Papa regt sich nur über die beiden Männer hier auf.«

»Was wollen die denn?« sagte sie mit einem langen Gähnen. Sie rieb sich ihre Augen, blinzelte gegen das Licht der Treppenhausbeleuchtung an.

»Das ist die Frage ...« leitete Manni an die Kripoleute weiter, denen die Situation jetzt offensichtlich doch recht unangenehm war.

»Herr Thielen«, begann Dietz, »unser Chef ...«

Weiter ließ Manni ihn nicht kommen. »Der alte Schumacher! Kenne ich, klar. Sagen Sie ihm, er soll morgen früh zum Frühstück kommen!«

»Er muß mit Ihnen reden«, sagte Köhler. Und da war was in seiner Stimme. Etwas, das Manni bei Kripo-Leuten bisher noch nicht kennengelernt hatte – mit Ausnahme von Schumi, klar. Da war ein Mensch hinter der Stimme. Ein Mensch, der es eher gut mit ihm meinte.

»Dann soll er eben hierher kommen«, machte Manni ein Friedensangebot.

»Das geht leider nicht.«

»Wo ist er?«

»Im Präsidium.«

»Ist Ändi noch da?« Das war jetzt Marie. Schien ihr ja mächtig imponiert zu haben, die Babuschka. Wenn sie sich nach Pippi Langstrumpf und fünf Stunden Schlaf sofort erinnerte.

»Moment.« Manni trug die Kleine ins Wohnzimmer und setzte sie neben Ändi auf's Sofa. Der Kung-Fu-Meister mit der slawischen Seele blühte aus seiner Wehmut auf und begann gleich irgendein polnisches Klatsch-Patsch-Händchen-Reimspiel mit Marie, die zwar kein Wort verstand, das Spiel aber sofort drauf hatte und munter auf Ändis Hände loskloppte.

Manni nahm sich sein Notizbuch vom Fernseher und ging damit in die Diele zurück. Ein Blick zur Kripo.

»Schumi ist in seinem Büro, sagten Sie?«

Die Männer nickten. Manni schlug sein Notizbuch auf, hob den Telefonhörer.

»Damit werden Sie wenig Erfolg haben, Herr Thielen«, sagte der Zwirn. »Oberkommissar Schumacher hat eine Geheimnummer.«

»Dieselbe wie vor sechs Jahren?«

Glotzen, Schulterzucken.

»Klar«, sagte Manni, »woher sollt ihr das wissen, da wart ihr ja noch in Pusemuckel auf der Penne.« Er wählte, und sogleich wurde abgehoben.

»Herr Schumacher? Thielen hier.«

Das imponierte den beiden Jungbullen doch enorm.

»Ich muß Sie sehen«, sagte der Kommissar.

»Das geht zur Zeit nicht«, antwortete Manni. »Und wenn ich sage, es geht nicht, dann geht es nicht. So gut müßten Sie mich doch eigentlich noch kennen. Bin ja sonst immer für jedes Späßchen zu haben, auch um drei Uhr morgens noch.«

»Jetzt halten Sie doch für einen Moment den Mund«, sagte Schumacher. Oh Gott. Da war etwas Furchtbares in der Leitung unterwegs. So ehrlich und ergriffen hatte Schumis Stimme noch nie geklungen. Mannis Kehle schnürte sich zu. »Ich komme zu Ihnen«, sagte Schumacher nach furchtbar langem Zögern.

»Um was ... ?« Angst. Ohne Ende.

»Eigelstein 155? Wie gemeldet?«
»Jetzt sagen Sie schon, um was es geht!«
»In zehn Minuten bin ich bei Ihnen.«

Charly war Mannis Kumpel, schon so lange wie beide zurückdenken konnten. Aufgewachsen in Ehrenfeld, später in die Innenstadt eingefallen. Er war sein großer Bruder gewesen, so einer, wie ihn sich jeder wünscht, den Gene aber nur selten zustande bringen. Aber was sind Gene gegen Seelen. Charly hatte ihm immer geholfen und zweimal sogar seinen Kopf aus ganz bösen Schlingen befreit. Um Mord ging's, den man Manni anhängen wollte.

In jener Zeit hatten sie beide auch Kommissar Schumacher kennengelernt. Ja, ja, der gute alte Charly ...

Seit Marie da war, klar, da hatten sie sich nicht mehr so viel zu erzählen. Charly machte weiter seine Kneipe und war zu so was wie einer lebenden Legende geworden. Und Manni unterstützte Marlena, die bei einem italienischen Kaffeeimporteur als Geschäftsführerin arbeitete, in der Bewältigung des Kinderkrams und was sonst so anfiel. Früher hatte er auch bei Papa Sandini und Paolo unten in der Pizzeria ausgeholfen, wenn Not am Mann war. Salat geputzt und mit dem Fuß die Kleine in der Wippe geschaukelt. Als es die Pizzeria noch gab, über deren ehemaligen Räumlichkeiten die Kleinfamilie Thielen-Sandini noch immer wohnte.

Charlys Gäste im Blue Shell hätten mittlerweile alle seine Kinder sein können. Vielleicht waren ja auch einige von ihm. Keiner wußte nichts Genaues. Charly hatte früh angefangen und war flächendeckend vorgegangen. Klar, mit Ende Vierzig war das so eine Sache. Da konnte man sich auf jugendlich trimmen, wie man wollte, es kam einfach nicht mehr so überzeugend rüber. Gut, mit einer *line* ließ sich noch so manche Bergheimerin ins Höschen fassen, aber auch die nur einmal. Es hatte alles den Glanz der früheren Jahre verloren. Da half auch ein wacklig finanzierter Porsche Baujahr 1983 vor der Tür nur wenig.

Es hatte fast etwas Trauriges, wenn Charly nach Ladenschluß mit den anderen Dinosauriern in den Schicki-Läden noch einen Drink an der Bar nahm und mit Sprüchen so alt wie die von Abraham das junge Gemüse behelligte. Es war Krampf. Und ein Kampf, der längst verloren war. Und das wußten sie selbst am besten. Ihre verkorksten und verkoksten Leben waren nicht mehr in den Griff zu kriegen. Was soll's. Ab dafür. Mit Gin-Tonic und Tequila Sunrise der untergehenden Sonne entgegen. Und nachher noch irgendwo gepflegt ein Blättchen auflegen, mit dem Sport-Bernd und dem Zocker-Det, Flash-Rudi und dem Shivers-Dieter, oder wie man sie sonst so nannte ...

Marie lag auf dem Rücken und schnaufte leise vor sich hin. Manni stand vor ihrem Bettchen und schaute sie an. Sie schlief auf dem Rücken, mit einem sanften Lächeln in ihrem zarten Gesicht. Ganz vorsichtig hob er ihren kleinen warmen Körper etwas an und schob sie ein wenig beiseite.

Er legte sich neben sie in ihr Bett und starrte das kleine Mondlicht an, das in der Steckdose steckte, um die Gespenster von Marie abzuhalten.

»Papa ... « Ganz leise kam das Stimmchen von der Seite.

Manni sagte nichts.

»Papa, du weinst ja ... «

»Nein, ich weine nicht.«

»Doch.«

Sie schlang ihre kleinen Ärmchen um seinen Hals. Und die Niagarafälle öffneten ihre Schleusen.

V

In der Küche pfiff der Teekessel. Geschirr klapperte.

Manni reichte Marie ein grünes Nickikleidchen aus dem Schrank im Kinderzimmer. »Ich will aber das rote anziehen.«

»Das rote ist zu dünn«, sagte Manni, »da drin frierst du wieder und bekommst Husten und Schnupfen.«

»Dann ziehe ich eben ein Sweat-Shirt drunter«, beharrte Marie.

»Wenn dir das gefällt.« Manni suchte mit trägen Bewegungen ein Sweat-Shirt aus der Kommode, Marie zog es sich an. »Andersrum«, empfahl Manni. Marie zog es brav, aber mühselig andersherum an und blickte skeptisch an sich hinab.

»Das paßt aber dann nicht zu der Strumpfhose«, stellte sie vorwurfsvoll fest.

»Du ziehst doch das Kleid drüber, dann sieht man das Sweat-Shirt ja gar nicht.«

»Oder ich ziehe die Jeans an und das lila Vlees drüber, das paßt auch gut.«

»Dann mach das.«

»Da muß ich aber dann die Strumpfhose wieder ausziehen, sonst ist mir das zu warm.«

»Mach, was du willst«, sagte Manni und sah aus dem Fenster. Köln ohne Charly war die Sahara ohne Sonne. Was mochte von ihm übriggeblieben sein? Ein paar blutige Fleischklumpen? Manni schluckte die aufsteigende Magensäure hinunter. Das hatten sie nicht umsonst gemacht.

Charly war tot. Aber in Mannis Seele lebte er weiter. Und er sagte zu ihm: ›Tu's nicht, Manni! Denk an Marlena und Marie!‹

Es zerrt an einem, es quält einen. Man weiß, daß es Scheiße ist, daß es einem Unheil bringt. Wie ein Suff, ein Trip, ein Schuß Heroin. Diese verheißungsvolle Schwäche, dieses Hinüberschreiten in eine andere Welt, eine schillernde Welt, eine gefährliche Welt, eine Welt, in der Himmel und Hölle um deinen Arsch pokern. Manni hatte gehofft, daß es nie mehr kommen würde. Er hatte es nicht mehr gespürt, seit fast fünf Jahren. Seit dem Tag, an dem Marie geboren wurde.

Heute nacht war es wiedergekommen, in der Nacht, in der sie seinen alten Kumpel Charly nach Kneipenschluß mit einer Autobombe in die Luft gesprengt hatten.

»Fertig!« konstatierte das Töchterchen stolz. Er drehte sich zu ihr um.

»Süß siehst du aus«, sagte er, »ich würde dir nur raten, die Hosenträger nicht über dem Vlees zu tragen.«

»Dann muß ich's ja wieder ausziehen!« Ehrliche Empörung.

»Komm, ich helf dir schnell.« Er half ihr, umfaßte die kleine Hand und ging mit ihr in die Küche.

Ändi schaute von dem italienischen Kochbuch auf, in dem er herumblätterte. »Ich hab schon mal Frühstück gemacht«, sagte er, »war das okay?«

»Danke dir«, sagte Manni. »Sag mal, schläfst du eigentlich nie? Ich hab dich schon vor zwei Stunden gehört.«

»Entschuldige bitte.«

»So war das nicht gemeint. Ich hätte dich nicht gehört, wenn ich geschlafen hätte.«

»Hab ich so laut geschnarcht?« wollte Marie wissen, während sie schelmisch grinsend auf ihren Stammstuhl krabbelte.

»Nein«, sagte Manni matt, »du hast nicht geschnarcht.«

»Post, Herr Thielen«, sagte der Briefträger. Manni nahm ihm beim Hinausgehen die zwei Postsendungen aus der Hand und steckte sie in eine der Backentaschen seiner Jeans.

Marie ging zwischen ihnen. An einer Hand Ändi, an der anderen Manni. »Noch mal!« befahl sie.

»Eins, zwei, drei, hooooch!« Und ihre Beinchen flogen in den bewölkten Himmel.

Sie gingen an der Agneskirche vorbei und steuerten den Grünstreifen vor der Inneren Kanalstraße an, in dem Maries Kindergarten lag. Sie blieben an der Tür stehen. Die Kleine schaute zu Manni hoch.

»Was soll ich denn jetzt sagen?«

»Wem? Was?« Manni war nicht im Bilde.

»Soll ich sagen, daß Mama ganz schwer krank ist?«

»Mama ist doch nicht schwer krank!« Manni drückte sie an sich. »Wie kommst du denn darauf?«

»Weil ... « Marie zögerte, »... weil du so geweint hast, heute nacht.«

»Das war nicht wegen Mama.«

»Ehrlich nicht?«

»Ehrlich nicht.«

»Wegen wem dann?«

Manni zögerte. In seinem Körper begann es zu brodeln.

»Wegen Charly«, sagte er leise und biß sich auf die Unterlippe.

»Was ist mit Charly?«

»Bitte, Kleines ... « Er konnte nicht weitersprechen. Er drehte sich weg. Seine Schultern zuckten leicht.

Ändi nahm Marie bei der Hand und schob sie sachte zur Eingangstür.

»Dein Papa erzählt es dir bestimmt, wenn er dich heute nachmittag wieder hier abholt«, sagte er.

»Ist gut«, sagte Marie und schaute noch mal fast etwas beleidigt zu ihrem Papa rüber, bevor sie ihren Blick wieder zu Ändis Augen erhob. »Kommst du mit, mich abholen?«

Ändi lächelte sie an und zuckte mit den Schultern.

»Fändest du das gut?«

»Klar!« sagte Marie und verschwand im Kindergarten.

Ändi trat an Manni heran, wartete einen Moment, legte ihm dann die Hände auf die Schultern und drehte ihn zu sich um.

»Komm«, sagte er.

»Wohin?«

»Ich schätze, wir haben eine ganze Menge zu tun«, antwortete Ändi mit glasklarer Stimme.

Ein paar bosnische Flüchtlingskinder spielten auf dem Spielplatz vor Prinz Wilhelm von Preußens Fort X.

Manni und Ändi saßen auf der Bank. Manni drehte sich eine Zigarette, steckte sie sich an und inhalierte bis zum Anschlag.

»Zweihunderttausend Mark Schulden. Bei der Bank und bei der Steuer«, sagte Manni. »Charly hatte mir nichts davon gesagt.« Er schüttelte zweifelnd den Kopf. »Aber so was saugt sich der Schumacher nicht nur so aus den Fingern. Warum sollte er auch?«

»Warum auch«, wiederholte Ändi. »Hat der Kommissar dir gesagt, wie es genau passiert ist?«

»Ja, Charly hat das Blue Shell abgeschlossen, ist in seinen ollen Porsche gestiegen, hat den Schlüssel ins Schloß gesteckt und ...« Er brach ab und rieb sich kopfschüttelnd die Schläfen. »Wen interessiert das schon ...«

»Mich.«

»Wieso dich?!«

»Sind andere Autos mit hochgegangen? Sind Schaufenster zu Bruch gegangen? Welcher Sprengstoff wurde verwendet? Welcher Zünder? Wo war die Bombe angebracht?«

»Du meinst ... ?«

»Ja sicher«, sagte Ändi, »aus der Machart läßt sich schließen, wer es gewesen sein könnte.«

»Gibt's da solche Unterschiede?«

»Ja.«

»Und woher weißt du das?«

»Ich war zwei Jahre in der israelischen Armee. Spezialeinheit.«

Manni sah ihn an. »Jetzt wird mir einiges klar ...«

»Was hat der Kommissar gesagt?«

»Nichts genaues, war ja auch erst eine Stunde her. Nur, daß der Wagen eben hochgegangen ist. Mehr wird er mir auch wohl kaum auf die Nase binden.«

»Was wollte er denn überhaupt von dir?«

»Er wollte wissen, ob ich einen Verdacht habe, wer es getan haben könnte.«

»Hast du einen?«

Manni schüttelte langsam den Kopf. »Leider nicht. Charly hat mich die letzten Jahre damit verschont, seinen ganzen Mist mit mir durchzukauen. Keine Ahnung, mit wem er in letzter Zeit rumgemaggelt hat, keine Ahnung, wie er an die zweihundert Mille Schulden gekommen ist.«

»Ich würde mir gern mal den Tatort ansehen.«

»Können wir machen«, sagte Manni.

Sie schauten sich an und standen auf.

»Hier«, sagte Ändi und reichte ihm die beiden Postsendungen, eine Karte und eine Rechnung, die Manni aus der Hosentasche unter die Bank gerutscht waren. »Deine Post.«

Manni nahm sie und steckte sie weg.

VI

Manni würgte die klapprige Vespa, die er Schwager Paolo vor drei Jahren abgekauft hatte, mit einem kleinen Hopser vorwärts auf dem Bürgersteig ab und kickte den Ständer raus.

»Ich pack's nicht«, sagte Manni.

»Verstehe«, erwiderte Ändi. »Falls die Kripo noch nach Spuren sucht, ist es vielleicht eh besser, wenn ich mich allein umschaue. Mich kennt niemand in Köln.«

»Noch nicht«, sagte Manni.

»Wo ist das Lokal?«

Manni deutete um die Ecke. »Du gehst die Luxemburger bis zur ersten Ecke rechts, da ist das ...« Seine Stimme fiel ab auf Grabkantenniveau. »... Blue Shell.«

Ändi nickte. »Wo sehen wir uns?«

»Nebenan im McDonald's«, entschied Manni, »da geh ich gern hin, an Tagen wie heute.«

»Hast du oft so Tage wie heute?«

»Nein«, sagte Manni. »Ich schiebe einen lauwarmen Wabbelburger ein und sag mir dabei immer wieder: Eins steht fest, noch tiefer runter kann's nicht mehr gehen.«

Ändi zögerte einen Moment, nickte dann, als hätte er verstanden, wie Manni das gemeint haben könnte. Er entfernte sich ein paar Schritte, blieb stehen, kam langsam wieder zurück.

»Entschuldigung, Manni«, setzte er behutsam an, »hat dieser Kommissar dir gesagt, wo der Wagen geparkt war?«

Mannis Lunge zog Luft. »Direkt vor der Kneipentür auf dem Bürgersteig. Da hatte Charly den Porsche immer stehen. Als Erkennungszeichen sozusagen. Damit jeder, der vorbeikam, gleich wußte, daß der Chef im Hause war.«

Ändi nickte, klopfte ihm leicht auf die Schulter und verschwand um die Hausecke.

Manni schaute die Menschen an, die draußen hinter der Glasscheibe seinen umweltfreundlichen Pappbecher passierten. Als wäre nichts geschehen. Er nahm einen Schluck Kaffee. Morgen würde es in der Zeitung stehen. Und dann würden sie alle mal schnell einen kleinen Abstecher um die Ecke zum verrammelten Blue Shell machen. Mit leicht zitternden Knien. Verliebte Pärchen würden sich ganz fest bei den angefeuchteten Händchen halten und sagen: ›Mein Gott, vorgestern nacht? Um halb drei? Haben wir da nicht gerade diese gigantische Nummer hingebogen? Bei dem Video von Arnold Schwarzenegger? Da ist hier eine Bombe hochgegangen? Wahnsinn. Echt. Mit dem Wirt von dem Lokal hier? ... War uns ja eh nie ganz geheuer gewesen, der Laden. Die ganzen Typen, die da immer rein- und raushuschten. Bestimmt irgendwas mit Drogen, diese Bombe in dem Porsche ...‹

Ändi setzte sich ihm gegenüber auf den Stuhl.

»Und?« fragte Manni.

Ändi sah hinaus. Sein Blick sezierte den Barbarossaplatz, folgte den Koordinaten eines verborgenen Systems. Die Menschen, die vorübergingen oder stehenblieben, die Häuser auf der gegenüberliegenden Straßenseite, die Autos, die vor der roten Ampel anhielten.

»War die Kripo noch zugange?« fragte Manni.

»Nein«, sagte Ändi, »aber ich hatte das Gefühl, daß der Tatort observiert würde.«

»Von wem?«

»Ich weiß es nicht«, sagte Ändi.

»Hast du sonst was feststellen können?«

»Es waren Profis«, sagte Ändi.

»Woher weißt du das?«

»Willst du dir die Details wirklich antun?«

Manni nahm einen Schluck Kaffee, blickte zur Straßenbahnhaltestelle hinüber. Ein Junkie pennte auf der Bank im Plexiglasunterstand. Drei Mädchen, so klein, daß hinter den bunten Schulranzen kaum etwas von ihnen zu erkennen war, stiegen in die Zwölf Richtung Zollstock. Hoffentlich kamen sie heil zu Hause an. Eine alte Frau humpelte hastig hinterher und winkte mit ihrem Krückstock. Keine Chance. Die Türen schließen automatisch. »Nein«, sagte Manni.

»Schätze, Russen.« Ändi stand auf. »Willst du noch einen Kaffee?«

Manni glotzte ihn an. »Russen?«

»Frühere KGB-Leute«, sagte Ändi. »Viele von ihnen haben im Westen angeheuert oder versuchen sich auf eigene Faust in der freien Marktwirtschaft durchzuschlagen.«

Ändi verschwand in Richtung Bestelltheke.

Manni stand auf dem Roten Platz. Charly in schnieker Uniform mit Pelzmütze auf dem Kopf neben ihm. Ein Tatra mit getönten Scheiben fuhr vor.

Ändi stellte einen Becher mit heißem Kakao auf den Tisch. »Du solltest etwas besser auf deine Post aufpassen.«

Er hob die Karte und die Rechnung vom Boden zu Mannis Füßen auf, legte sie auf den Tisch.

Boris Jelzin knutschte Charly ab und fischte sich mit der Zunge einen Mikrofilm aus dessen ausgehöhltem Weisheitszahn.

»Irgendwann steige ich auch mal auf den Kölner Dom«, sagte Ändi.

»Bitte was?«

Moskau-Köln in einer Sekunde. Telekinetischer Ultraschall. Zuviel für Mannis Festplatte.

Ändi deutete auf die Postkarte auf dem Tisch. »Auf den Dom. Den Kölner Dom.«

Manni fuhr die Landeklappen aus. »Klar, kenne ich. Das Ding mit den zwei Zipfeln.«

»Darf ich mal draufschauen?«

»Sag mal ... ?«

»Muß nicht sein ... Vielleicht ist ja etwas ganz Intimes drauf versteckt – auf dem Foto.«

Landung geglückt. Bitte noch angeschnallt bleiben, bis ... Manni nahm die Karte auf und hob sie vor seine Augen. »Tatsächlich, der Dom«, sagte er erstaunt. »Wer ... ?«

Er drehte die Karte um und erstarrte. Auf der Rückseite stand nur das eine Wort: »Bingo«, und ein Zeichen war darauf gemalt: ein Kreis mit einem Kreuz, wie der Blick durch ein Zielfernrohr.

Die Bingos. Das war lange her. Acht oder neun freche Bengels aus Ehrenfeld und Bickendorf. Und Charly war der Anführer. Klar, er war ja auch der älteste und der stärkste. Manni war damals gerade acht Jahre alt. Der jüngste und der schwächste. Und der frechste. Irgendwann Anfang der Sechziger ... Eine Bande brauchte natürlich einen Namen. Mit knapper Mehrheit hatte *Die*

Bingos gegen *Die Brecher* gesiegt. Manni war auch für *Die Bingos* gewesen; der andere Name hätte ihn dauernd ans Kotzen erinnert.

Und ein geheimes Versteck brauchte eine Bande natürlich auch. Und ein paar Geheimzeichen, die sie sich gegenseitig zustecken konnten. Und bei denen nur sie wußten, was sie zu bedeuten hatten. Das machte mächtig was her auf dem Schulhof. Obwohl die Mädchen immer sagten, sie fänden's doof. Tief drinnen hatte es sie natürlich mächtig gefuchst, daß die Jungs da was hatten, was sie nicht hatten. Der Kreis mit dem Kreuz bedeutete: *Sofort zum Versteck kommen!* Dann hieß es, den Schulranzen in die Ecke gepfeffert, drauf auf's Fahrrad und die Venloer runter bis zum Militärring, an den manövrierenden Panzern vorbei in das kleine Wäldchen, das Fahrrad an einen Baum gekettet und durchs Unterholz gerobbt. Und natürlich höllisch darauf aufgepaßt, daß niemand gefolgt war. Niemand von einer feindlichen Bande.

Ändi stieg vom Beifahrersitz. Manni war mit der Vespa kreuz und quer durch sämtliche Grünanlagen, gegen jede mögliche Einbahnstraße und über zwei Fußgängerbrücken geknattert. Ändi hatte es so gewollt. Sein Gefühl.

Manni sah sich um. Das Wäldchen gab's tatsächlich noch. Nur die Bäume hatte Manni etwas gesünder in Erinnerung.

»Komm«, sagte er.

Er folgte blind seinen erinnerungsgetränkten Instinkten. Und dahinter folgte Ändi. Beim siebten Baum links ab vom Weg, ein paar Schritte vorwärts, wieder links um die Tanne herum, fünf Schritt nach da, dann acht nach da, und sie waren am Ziel. Manni schaute auf den Waldboden zu ihren Füßen, griff an einer bestimmten Stelle unter das Laub, ertastete einen Griff und zog eine aus Ästen geflochtene Abdeckung von der etwa drei mal zwei Meter großen und anderthalb Meter tiefen Grube. Sie starrten hinab. Maschinengewehre, Handgranaten, Pistolen, Schnellfeuergewehre mit abgesägten Läufen, Munition ohne Ende. Und irgendwelches elektronisches Zeugs. Ein Arsenal.

»Leck mich ... « sagte Manni.

»Rote Armee«, sagte Ändi.

»Leck mich noch mal... «

Manni nickte zu dem elektronischen Gewusel hin.

»Und was ist das für'n Schrott?«

»Steuerungselektronik, glaube ich«, sagte Ändi, »für Mittelstreckenraketen.«

Manni konnte nur noch blöde vor sich hinglotzen. Aber Ändi zeigte zum ersten Mal Humor. »Wieder lecken?« fragte er grinsend.

»Nee du, laß man ... « sagte Manni. Starren in die Grube. Totenstille. »Was meinst du, ist das Zeugs wert?«

Ändi hatte sich einen Überblick verschafft, er überlegte, schaute Manni dann in die Augen.

»Ich hatte mich mal bei einem Sonderauftrag meiner Einheit mit falschem Paß in eine polnische Kampfsportgruppe eingeschlichen. Meine Legende war, daß ich sie in meiner Sportart ausbilden sollte.«

Manni nickte stumm. Und dabei dachte er, er, Manni Thielen-Sandini, hätte schon einiges erlebt in seinen knapp fünfunddreißig Lebensjahren. Gegen diesen knapp zehn Jahre jüngeren Knaben aber war er offensichtlich ein Domchorspätzchen.

»Ich wollte nur wissen«, führte Ändi weiter aus, »ob meine Familie und unsere Freunde bald wieder die Koffer packen müßten.«

»Scheiße ... Und?«

»Hab ihnen allen eins auf die glatt rasierten Schädel gehauen und dann gesagt, sie hätten zu wenig Talent für so eine anspruchsvolle Sportart.« Ändi lächelte. Nach außen schien er völlig unbefangen mit diesen Dingen umzugehen. Das bringen die Gene wohl mit rüber, wenn man seit Jahrhunderten vor irgendwelchen neidischen Schlächtern auf der Flucht ist.

»Auf jeden Fall«, sagte Ändi, »diese Neo-Nazis würden eine halbe Million Dollar für den Krempel hier zahlen. Mit Sicherheit.«

Manni wurde blaß wie Mozzarella. »Das soll doch wohl 'n Witz sein ... ?« stammelte er.

»Ich meine ja nur, theoretisch.«

»Eine halbe Million Dollar!« Manni starrte in die Grube. »Und was zahlt die Gegenseite?« fand er langsam wieder zu gewohnter Form zurück. »Dein früherer Arbeitgeber, zum Beispiel?«

Ändi zuckte bedauernd mit den Schultern. »Die Gegenseite kauft keine Bestände der Roten Armee auf«, sagte Ändi. »Und das da … « Er schaute nachdenklich auf das Elektronikzeugs. »Damit können in ganz Europa nur eine Handvoll Leute etwas anfangen.«

Manni konnte es einfach nicht fassen. Da lagen in ihrer ollen Bingo-Koje eine halbe Mio US-Dollar, in Form von Teufelskram, mit dem man Luxemburg hätte erobern können. Und niemand wußte es. Außer ihm und Ändi.

Oder hatte Charly einen Kumpel gehabt, mit dem er hier abgeladen hatte? Einen Kumpel, den man heute nacht in die Luft sprengen würde?

»Und was machst du jetzt damit?« fragte Ändi.

»Gute Frage«, antwortete Manni langsam. Er pulte das verknautschte Tabakpäckchen aus seiner Jackentasche, kehrte die letzten Krümel auf ein Blättchen, drehte, leckte und gab sich Feuer.

»Eine halbe Million Dollar … Wie ist deine Vermögenslage zur Zeit?«

»Großartig«, antwortete Ändi, »ich habe noch 87 Mark und 23 Pfennige.«

»Dann bist du fast so reich wie ich«, gab Manni zurück, »von der Überziehungsgrenze meines Dispos aus betrachtet.«

Ein Zug aus der Zigarette. Ekelhaft. Marlboros schmecken einfach besser. Und Gauloises Blondes erst.

»Schließlich«, setzte er vorsichtig an, »liegt das Zeug in der Bingo-Grube. Und alles, was da drin liegt, gehört nun mal den Bingos.«

Ändi lächelte. »Dein Charly hat das Zeug rechtmäßig erworben, und die Postkarte mit dem Kölner Dom war sein Testament.«

»So ist es.«

»Das meinst du doch nicht im Ernst!«

»Das mit dem rechtmäßigen Erwerb würd ich nicht so auf die Goldwaage legen«, sagte Manni, »aber das mit dem Testament könnte hinhauen.«

»Ein paar Stunden bevor man ihn tötet, schreibt er sein Testament«, machte Ändi trocken weiter. »Soso.«

Manni sah ihn an. »Du willst sagen, er wußte, daß ihn das Zeug den Kopf kosten würde.«

»Er hat die Möglichkeit auf jeden Fall in Betracht gezogen.«

Manni zog an seiner Zigarette, schaute in die Grube hinab.

»Obwohl die Waffen flammneu sind, kleben schon ein paar Liter Blut dran«, sagte er.

»Das von deinem Freund«, nickte Ändi, »und das von deinem Herzen.«

Manni blickte zu ihm rüber. »Scheint ja was dran zu sein, von wegen slawischer Seele ...«

»Was willst du?« fragte Ändi streng. »Willst du die Mörder deines Freundes finden oder willst du das Zeug hier mit größtmöglichem Gewinn verkaufen?«

Manni zuckte mit den Schultern. »Gib mir'n Tip.«

Ändi sah ihn an. »Ich will meine Schwester finden.«

Manni lächelte. »Ein paar Dollars im Handgepäck wären auf der gemeinsamen Heimreise nach Polen doch nicht das Verkehrteste, oder?«

VII

Palmstraße dreiundzwanzig. An Mülltonnen vorbei über einen kleinen Hof zum Hinterhaus. Souterrain. Ein Hängebauchschwein mit Minipli stand in der Tür und rieb sich die verquollenen Augen.

»Tach, Rudi«, sagte Manni. »Alles klar, soweit?«

Seit Flash-Rudi das Bushido-Abo gekündigt worden war, weil er nur noch in der Sauna rumgelungert und dabei seine schmierigen Pfoten weder von den Mädels noch von seinem blaugeäderten Alter-Ego gelassen hatte, sah er nun aus wie ein Leguan nach drei Jahren südfranzösischer Gänsemast. Eigentlich konnte man ihn nur noch an der breiten Narbe auf seiner linken Gesichtshälfte wiedererkennen, die er sich einst bei einer legendären Keilerei in der Drachenburg zugezogen hatte.

»Ich werd bekloppt«, krächzte er.

»Laß dir noch 'n Moment Zeit damit«, erbat sich Manni. »Ich würd dich vorher gern noch kurz sprechen.«

Rudi linste mißtrauisch über Mannis Schulter in Ändis blaue Augen.

»Und was will die Figur?«

»Mein Personenschutz.«

»So weit ist es schon wieder?« Rudi schüttelte den Kopf. »Nä, nä ...«

Er drehte sich um und wankte durch den stockdunklen Flur in die dunkle Küche. Im Mietvertrag wurde der Raum wahrscheinlich noch als solche bezeichnet. Tatsache war, daß ein vergilbter Kühlschrank in der Ecke stand, der – wenigstens zu der Zeit, als Manni sich hier noch manche Nacht um die Ohren gezockt hatte – immer bis zum Anschlag mit Kölschdosen vollgestopft war. Und eine Kaffeemaschine gab's. Die sah aus, als wäre sie der Drittbesten eines Schlamm-Catch-Wettbewerbs bei der Preisverleihung in den Tümpel gefallen.

Rudi wischte eine angebissene Currywurst mit Fritten des berühmt-berüchtigten 89er Jahrgangs per Ellenbogencheck vom Resopaltisch und pflanzte sich auf einen Stuhl.

»Warste im Bau?« wollte er wissen.

»So ähnlich«, sagte Manni und setzte sich auf den Stuhl ihm gegenüber.

Ändi stand am Fenster und sah hinaus. Er schaute auf die unverputzten Bimssteine der Mauer des Nachbarhauses, das man in einem Meter Entfernung hochgezogen hatte.

»Bringste die Kohle vom Charly rüber?«

Manni sah ihn an. »Bist du stark bei ihm?«

Flash-Rudi öffnete die Schublade des Küchentischs, griff hinein und fächerte mit einem Stapel besoffen hingekrakelter Schuldscheine vor Mannis Nase hin und her.

»Gut dreißig Kilo«, kommentierte er.

»Scheiße.«

»So is das halt«, bedauerte Flash-Rudi zutiefst, »da kann man nix machen.«

Manni nickte langsam und nahm sich eine Marlboro aus der aufgebissenen Packung, die Rudi den Abgründen seiner ausgeleierten Jogginghose entrungen hatte.

»Bei wem war Charly denn sonst noch schwach?«

Rudi zog die Augenbrauen zusammen. Irgendein Wort in dem Satz schien ihn stutzig gemacht zu haben. Welches, hatte er aber wahrscheinlich schon wieder vergessen.

»Wieso willste das wissen?«

»Nur so.«

»Verarschen kann ich mich selber.«

Manni steckte sich die Zigarette zwischen die Lippen und zündete sie an.

»Was is jetzt?« Flash-Rudi wurde ungemütlich. »Die Zähne auseinander oder Abflug!«

»Charly ist tot«, sagte Manni.

»Mach kein Quatsch!« platzte es aus dem Fettgewebe. Doch dann war Stille im Raum.

Manni zog an seiner Zigarette, Ändi hatte sich vom Fenster abgewandt und schaute nun mit vor der Brust verschränkten Armen zum Tisch hinüber, Flash-Rudi rieb sich seine Narbe.

»Charly auch ...« sagte Rudi leise. »Drecksstadt.« Und da war viel Enttäuschung in seiner Stimme.

»Wen hat's denn sonst noch verrissen?« fragte Manni.

»Hör auf ... « Rudi winkte ab. »Der ganze Scheiß da draußen, da blickt doch keiner mehr durch! Früher gab's die Wiener, die Jugos, die Kölschen und ein paar Italiener, dann kamen die Türken dazu, juut, aber jetzt sind da noch die Afrikaner, der Vietkong, die Albaner, die Polen, die Russen, die Ungarn, die Rumänier, die Sachsen und so weiter ... Hör mir bloß auf damit!«

Völlig übersäuert legte er den Schädel auf seine Hände und stützte den Hohlkörper mit den Ellenbogen ab. »Da kennt keiner keinen mehr!« grunzte er. »Absprechen war einmal. Da wird nur noch gekämpft. Um jeden Heiermann. Ende, aus.«

Manni sah ihn an. War es tatsächlich so schlimm da draußen? Ein Glück, daß er nicht mehr mitmischte. Er schaute auf seine Uhr. Viel Zeit blieb nicht mehr. In zwanzig Minuten machte der Kindergarten dicht.

»Was hatte denn der Charly mit denen zu tun?« fragte er.

»Was weiß ich«, sagte Rudi, der offensichtlich auch keine große Lust mehr hatte, das Gespräch unnötig in die Länge zu ziehen. »Irgendwas hat der gemaggelt, mit den Leuten aus Moskau ... «

»Was Genaues?«

Flash-Rudis Blick gewann an Schärfe. »Nä! Nix Genaues!« sagte er in unmißverständlicher Tonlage. »Und wenn ich was Genaues wüßte, würd ich's dir nicht sagen. Ich bin doch nicht bekloppt!«

»Wenn du meinst ... « sagte Manni, nickte Ändi zu und stand. »Kannste mir vielleicht noch 'n Tip geben, bei wem ich MPis und 'n paar Handgranaten kaufen kann?«

In Flash-Rudis kleinem Großhirn schlug der Blitz ein. »Ja sag ma ... « murmelte er verwirrt.

»Es geht um Charlys Tod«, sagte Manni und nickte zu den Schuldscheinen. »Wenn dein Tip hinhaut, zahl ich dir die Schulden, die Charly mit in die Grube genommen hat.«

Rudi sah ihn an und überlegte. Mit zittrigen Fingern machte er sich eine Zigarette an. Dann ein schräger Blick auf Ändi, und er flüsterte Manni zu: »Geh zum Doc.«

»Kenn ich nicht.«

»Ich hab ihn auch noch nie gesehen.« Rudis Stimme triefte nur so vor Respekt. »Der Doc hält die Kölschen Jungs in letzter Zeit 'n bißchen zusammen. Verstehste?«

»So was wie der Pate?« Manni grinste.

»Da brauchst du gar nicht so blöd zu kucken, du kleines Stück Scheiße«, riet ihm Rudi, »echt wahr. Aus 'nem Zahnstocher wie dir würd sich der Doc nicht mal 'ne Klobrille schnitzen!«

Ändi hörte nun genau zu.

»Wie komm ich an ihn ran?« fragte Manni.

»Keine Ahnung«, antwortete Rudi.

Wieder nickte Manni der sanften slawischen Kampfmaschine zu. Gemeinsam gingen sie in Richtung Flur.

»Das war's dann wohl mit den dreißig Kilo aus Charlys Nachlaß«, sagte Manni über die Schulter. »Schade eigentlich.« Er blieb stehen und drehte sich um. Flash-Rudi schaute ihm in die Augen. Eine ganze Weile.

»Frag den Schang vom Friesenhöttche«, knurrte er.

»Hallo, Papa!« Gestiefelt und bester Laune kam ihnen Marie aus dem Kindergarten entgegengerannt. Jauchzend warf sie sich in Mannis ausgebreitete Arme und gab ihm einen Kuß.

»Hallo, Ändi!« Sie strahlte ihn an und war mächtig stolz, von zwei so tollen Typen abgeholt zu werden. Die Erzieherin, die den Vorwand, einen im Vorgarten stehengebliebenen Bollerwagen ins Haus zu holen, dazu nutzte, einen neugierigen Blick auf das Trio zu werfen, blickte eher skeptisch drein.

»Moje Sloneczko«, sagte Ändi und stupste ihr sanft mit dem Zeigefinger auf das Näschen. Marie lächelte. Sie hatte Ändi sehr gern, die Kleine. Das sah ein Tauber ohne Brille.

»Was heißt das?« wollte sie wissen.

»Meine Sonne«, sagte Ändi.

»Das hat Papa auch schon mal zu mir gesagt!« freute sie sich. »Morje Slo-Netz-Klo ... Süß!«

»Wann hab ich das zu dir gesagt?« wollte Manni wissen.

»Früher mal«, behauptete die Kleine. »Aber jetzt darf's nur noch der Ändi zu mir sagen.«

»Aha«, sagte Manni. »Verstehe.«

Er setzte sich auf die Vespa und trat den Kick-Starter runter. Der Motor jaulte auf. Manni nahm Gas weg.

»Hör mal, Schätzchen«, rief er gegen den Lärm an, »da sagst du aber der Mama nichts von, klar?«

»Wovon?«

Ändi lächelte ihr zu und hob sie hoch. Manni spreizte seine Beine, nahm die Blechverkleidung zwischen die Knie und rückte auf der Sitzbank so weit nach vorn, daß sein Steiß gerade noch anlehnte. Ändi setzte Marie hinter Manni und sich selbst hinter Marie. Dreierbob. Marie strahlte voller Stolz und Abenteuerlust. Ihre Händchen steckte sie von hinten in die Seitentaschen von Mannis Lederjacke, und los ging die Fahrt.

Zwei ehemalige Strandbudenbetreiber aus Rimini verkauften in den Räumlichkeiten der Pizzeria Sandini jetzt italienische Jeans, T-Shirts und Pullover, alles aus angeblichen Versicherungsschäden. Zu Dumping-Preisen.

Oma und Opa Sandini hatten immer mit dem Gedanken gespielt, irgendwann wieder in die Abruzzen heimzukehren. Aber Paolo das Lokal überlassen? Die Pizzeria, die sie fünfundzwanzig Jahre lang ernährt hatte, über der sie wohnten, in der die beiden Kinder groß geworden waren? Diesem niemals vernünftig werden wollenden Bengel, der von einem Testarossa träumte und jeder Blondine nachgaffte?

Und dann war das Enkelkind gekommen. O sole mio, Marie! Bellissima! Dulcissima!

Trotzdem waren sie zurückgegangen in die Abruzzen.

An einem frühen Morgen hatte es furchtbar gescheppert unten im Lokal, und sogleich zogen Qualmwolken ins Treppenhaus, durch das die aufgeweckte Familie hinunterstürzte. Paolo, Opa und Marlena schleppten Wassereimer, Manni rannte zum Auto und riß den Feuerlöscher heraus.

Noch bevor die Feuerwehr eingetroffen war, hatten sie die Flammen in den Griff bekommen. Schwitzend und hustend waren sie auf den Eigelstein hinausgetreten, um frische Luft zu schnappen.

Da hatte Opa Sandini die braune Schrift auf der Schaufensterscheibe entdeckt. Runen, SS-Zeichen, Hakenkreuze. Und die Worte: *Ausländer raus*!‹

Die Seele des Eigelsteinviertels war wieder um ein Mosaiksteinchen ärmer geworden.

»Noch eine Runde!« schrie Marie verzückt »Bitte!«

Manni nickte in Richtung Eigelsteintor. »Geht nicht«, sagte er. »Schau mal, die beiden Polizisten da!«

Tatsächlich war in einiger Entfernung eine Fußstreife stehengeblieben und hatte ihre vier Augen auf den unverantwortlich besetzten Motorroller geheftet.

Sie stiegen ab. Manni zog den Schlüssel aus dem Zündschloß.

»Kommst du mit hoch, Ändi?« fragte Marie.

»Nein, moje Sloneczko«, Ändi schüttelte bedauernd den Kopf. »Ich muß noch etwas erledigen.«

»Und wir auch!« Manni zwinkerte Marie zu.

»Was denn?«

»Mama aus dem Krankenhaus holen.«

»Ja!« Marie machte kleine Luftsprünge vor Freude. »Au ja, au ja, au ja!«

Manni sah Ändi an. »Kommst du zum Abendessen?«

»Wenn deine Frau wieder da ist, will ich nicht ...«

»Sieben Uhr!« unterbrach ihn Manni despotisch. »Leckere Pasta mit Salat!«

Ändi tippte mit der Faust gegen Mannis Brust.

»Danke«, sagte er.

»Und danach«, bestimmte Manni, »gehen wir den Schang in der Friesenstraße besuchen.«

»Zu Befehl, Herr General«, bestätigte Ändi zackig.

»Viel Glück«, sagte Manni.

Ändi strich mit der Hand kurz über Maries zerzauste Haarpracht und entfernte sich in Richtung der Kneipe, vor der ihm Manni am Tag zuvor zum ersten Mal begegnet war.

Manni schloß die Haustür auf und rollte die Vespa in den Hinterhof.

»Und wo ist das Baby?« fragte Marie mit kindlicher Empörung in der Stimme.

»Entschuldigen Sie, Herr Thielen«, sagte die Schwester, »aber es wäre besser, Sie würden mit dem Kind jetzt ...«

»Klartext!« forderte Manni unwirsch. »Was ist mit meiner Frau?«

»Das will ich auch jetzt wissen!« unterstrich Marie trotzig.

Die Schwester sah Marie besorgt an, senkte die Stimme und schob ihren Mund näher an Mannis Ohr heran.

»Ihrer Frau geht es den Umständen entsprechend gut«, flüsterte sie.

»Ich versteh nix!« kam Protest von einer Etage drunter.

»Was für Umstände?« In Mannis Knie sammelte sich Vanillepudding.

»Der Chefarzt hat einen Eingriff vornehmen müssen«, sagte die Schwester. »Ihre Frau liegt noch in Narkose. Sie muß sich ausschlafen.«

»Kann ich denn das Baby mal sehen?!« Marie, Marie ...

Die Schwester schüttelte leicht mit dem Kopf, sah dann Manni an. »Erklären Sie es ihr, bitte.«

»Was soll ich ihr erklären?«

Die Schwester rollte versteckt mit den Augen. »Das Embryo mußte entnommen werden«, sagte sie, genervt ob solch offensichtlicher Blödheit. »Es blieb keine andere Wahl.«

»Das was?« wollte Marie wissen.

»Jetzt sei mal still, Marie«, sagte Manni mit mühsam beherrschter Stimme. »Und wann können wir mit ihr sprechen?«

»Rufen Sie morgen mittag an.« Die Schwester machte sich auf den Weg zum Dienstzimmer. »Guten Tag, Herr Thielen.«

»Warten Sie!« Manni machte einen schnellen Schritt hinter ihr her. Sie blieb stehen.

»Und wann kommt Marlena wieder raus?«

Die Schwester zuckte mit den Schultern. »In fünf oder sechs Tagen. Wenn alles ohne Komplikationen verläuft.«

Manni nickte stumm.

Marie schob ihre Hand in seine, zwickte ihn in den kleinen Finger. Er schaute zu ihr hinab. Sie sah sehr tapfer aus. Als wollte sie ihm Mut machen. Das schaffen wir schon, Papa.

»Gehn wir jetzt wieder zu McDonald's? ... Bitte ... !«

»Vorsicht, Vorsicht, Vorsicht!« Manni packte die Henkel des dampfenden Kochtopfs und hob ihn vom Herd.

»Soll ich ... ?« bot Ändi Hilfe an.

»Laß man ... « sagte Manni. Er hatte die Seihe übers Spülbekken gehängt und ließ das kochende Wasser hindurchlaufen, dann flapp kippten die Spaghettini hinein, und flapp kippte die Seihe um, und flatsch landete das geplante Abendessen im Ausguß und vermischte sich dort mit dem Mutterboden, den Manni zuvor vom Feldsalat abgeschrubbt hatte.

»Scheiße, Scheiße, Scheiße ...!« fluchte er.

»Papa ...!« mahnte Marie von ihrem Stammplatz aus.

»'tschuldige«, knurrte Manni, »... aber Scheiße ist es trotzdem.«

»Vielleicht können wir die Nudeln abwaschen ...« wollte Ändi seine Kenntnisse in Cuisine Creative rettend einbringen.

»Mir reicht's. Wir gehn essen, basta!« sagte Manni.

»Ich wollte ja gleich zu McDonald's gehen«, rief Marie. »Aber du ...«

»Da gehn wir heute nicht hin!« schnitt Manni auch seiner Tochter den Satz von den Lippen.

»Das ist gemein!« wehrte sich das Kind.

»Da war ich nämlich heute mittag schon.«

»Das ist noch gemeiner!«

»So ist das Leben eben.«

»Du bist gemeiner«, stellte Marie klar, »nicht das Leben!«

»Kann man im Friesenhöttchen nicht zu Abend essen?« wollte Ändi wissen.

»Im Friesenhöttchen?« fragte Manni.

»Im Friesenhütchen?« wiederholte Marie relativ richtig und hatte ihre helle Freude daran. Sie legte ihre Fingerspitzen aneinander, hielt die Hände wie ein Dächlein über ihre Fontanelle und schwenkte den Kopf hin und her.

»Friesenhütchen, Friesenhütchen ...« impovisierte sie voller Lebenslust. Melodie und Text. Stephan Remmler wäre vor Neid erblaßt.

»Da gibt's nur Mist«, sagte Manni, »Mettschnittchen und so'n Zeugs, Würstchen und Frikadellen.«

»Würstchen und Frikadellen?« frohlockte es vom Stammplatz herüber.

Ändi und Manni sahen sich an. Und zuckten schicksalsergeben mit den Schultern.

VIII

Marie hatte sich mit einem Rentner angefreundet, der ihr erst eine Limo, dann ein Mars, ein Päckchen Ültje und dann noch eine Limo spendierte. Und damit war das Thema Abendessen gegessen. Die beiden saßen auf Barhockern nebeneinander vor der kleinen Theke und sprachen über die Dinge, die das Leben lebenswert machten.

Sonst war niemand im Friesenhöttchen. Außer Resi, der sonnenbankgegarten Bedienung, und Manni und Ändi, die an einem der fünf Tische saßen, Frikadellenfragmente in Senfhäufchen tunkten und die Brotfleischsynthese zwischen ihre Zähne schoben.

»Bist du schlauer geworden?« drückte Manni zwischen seinen malmenden Beißinstrumenten hervor.

Ändi verdünnte seine Kaumasse mit einem knapp dosierten Schluck Kölsch.

»Das Apartment, in dem Irina gewohnt hat, gehört einem Russen«, sagte er. »Jetzt wohnt da eine Bulgarin.«

Manni leerte sein Glas, winkte damit zur Theke hin.

»Noch zwei Kölsch, Resi!« rief er.

Und Ändi schickte hinterher: »Für mich jetzt bitte ein Wasser!«

»Ein Kölsch, ein Wasser«, wiederholten die knallrot geschminkten Lippen, und die einen halben Meter darunter angebrachten Hände machten sich sogleich an die Arbeit.

»Zwei Kölsch, ein Wasser!« stellte Manni lauthals klar. Resi nickte, und Mannis Augen suchten Ändis Blick. Und sie fanden ihn. »Und?«

»Sie macht mit«, sagte Ändi.

»Was heißt das?«

»Was schon!«

»Die Bulgarin geht anschaffen?«

Ändi nickte.

»Für wen?«

»Der Boß heißt Sergej«, sagte Ändi.

Resi wedelte herbei, stellte zwei Kölsch vor Manni und das Wasser vor Ändi, machte Striche auf Mannis Bierdeckel und sagte: »Wohlsein, die Herren.«

»Kommt der Schang heute noch vorbei?« fragte Manni.

»Schätze, jeden Moment«, erwiderte Resi mit breitest möglichem Lächeln und schob wieder hinter die Theke ab.

»Stimmt ja gar nicht!« sagte der Rentner.

»Stimmt ja wohl!« sagte Marie.

»Ha ha ha!«

»Ha ha ha!«

Manni nahm einen guten Schluck aus seinem Kölschglas. »Und was passiert mit denen, die nicht mitmachen?«

Ändi fischte sich eine Wimper aus seinem rechten Auge. »Die werden zur Ausbildung verschickt«, sagte er. »Oder gleich weiterverkauft. Nach Nordafrika oder in den Orient.«

Wieder nahm Manni einen Schluck. »Zeigst du mir noch mal das Foto von Irina?«

»Nein«, sagte Ändi.

Sie sahen sich an. Manni legte seine Hand auf Ändis Schulter. »Tut mir leid.«

»Mir auch.«

»Papa?« schallte es von der Theke herüber.

»Ja, mein Kleines?«

»Was ist höher«, wollte Marie wissen, »der Kölner Dom oder der Colonius?«

»Der Colonius«, sagte Manni.

»Siehste!« triumphierte das Kind.

»Gar nix sehe ich!« trotzte schalkhaft der Rentner.

Greise und Kinder, zwei Welten für sich. Aber offenbar mit kompatiblen Schnittstellen ausgestattet.

»Ha ha, und was ist tiefer: das Agrippabad oder der Aachener Weiher?«

»Weiß ich nicht«, gab Marie kleinlaut zu.

»Siehste!« triumphierte jetzt der Rentner.

Baßstimme: »Ach nee!«

Mannis Blick schwenkte zur Eingangstür. Im Spalt des Filzvorhangs davor stand Schang. Oder besser gesagt, das, was von ihm übrig geblieben war. Fünfzig krebsdurchtriebene Kilogramm.

Manni stand auf und schüttelte ihm die Hand.
»Tach, Schang«, sagte er.
Ein Lächeln huschte über das müde Gesicht des Kneipiers.
»Alles klar, Manni?«
»Nein.«
Schang nickte bedächtig mit dem Kopf. Er zog einen druckfrischen Express aus seiner Westentasche, zeigte Manni die Rückseite: *Autobombe zerfetzt Szenenwirt*, die ganze Seite hatte man Charlys spektakulärem Ableben gewidmet.
»So kann's gehen ...« sagte Schang mit einer Stimme, die sich nicht nur mit dem Tod seines langjährigen Thekenhockers Charly, sondern auch mit dem eigenen abgefunden zu haben schien.
Aber Manni war noch nicht soweit. Seine Seele revoltierte noch gegen seine Wahrnehmung. Sie konnte nicht so einfach hinnehmen, daß Charly nun für immer weg sein sollte. Ein ganz starkes Gefühl war noch in Manni lebendig, das Gefühl, daß jeden Moment die Tür aufgehen könnte, und Charly käm rein, würde ihm frech grinsend auf die Schulter klopfen und sagen: ›Na, alte Gurke? Wie ist der Gag mit der Autobombe bei dir angekommen?‹
Aber das konnte leider nicht passieren. Man hatte die im Umkreis von zwanzig Metern verstreuten Leichenteile eindeutig der Person Karl Schröder zuordnen können.
»Wer hat das getan?« fragte Manni.
Schang zog die Schultern hoch. Natürlich hatte er so seine Vermutung. Die Szene tratscht und tratscht, und irgendwann hat man sich eine Wahrheit zurechtgetratscht.
Er sah Manni an.
»Hör zu, Manni«, sagte er, »ich weiß, du hast damals mal zwei astreine Dinger durchgezogen. Stand ja auch in allen Zeitungen. Aber die Zeiten haben sich geändert. Da gibt's jetzt eine Brutalität, die dich zerquetschen wird wie ein Bulldozer eine faule Banane.«
»Du bist nicht der Erste, der mir was in der Richtung erzählt«, sagte Manni nachdenklich.
»Papa?«
Schang blickte zu Marie, blickte zu Manni. Erstauntes Fragezeichen. Manni nickte.
»Mein Gott, Manni, laß die Finger davon!«

Ergriffen wedelte Schang mit dem Express-Artikel in der Luft umher. »Deine Tochter braucht ihren Papa! Morgen noch dringender als heute!«

»Papa?«

»Ja, mein Kleines?«

»Glaubst du, daß der Herbert früher durch den Rhein geschwommen ist? Bis auf die andere Seite?«

»Bin ich auch schon mal«, sagte Manni.

»In echt?«

»In echt und voller Bekleidung.«

»Boooh!«

»Siehste!«

Nicht zu fassen, dieser Rentner ...

Manni schaute in Schangs traurige Augen.

»Kennst du den Doc?«

Schang senkte den Blick, hob ihn wieder, eine gewisse Ironie, die Manni nicht einordnen konnte, war für einen Moment darin aufgeblitzt. »Du willst ihn kennenlernen?«

»Wär vielleicht nicht verkehrt«, antwortete Manni, »nach allem, was ich über ihn gehört habe.«

»Er soll dir helfen?«

»So ähnlich.«

»Da wird der Doc sich aber freuen.« Wieder diese Ironie.

»Wieso?«

»Moment.« Schang ging hinter die Theke, nahm den Telefonhörer auf, wählte unter vorgehaltener Hand und drehte sich mit dem Hörer am Ohr hinter ein Flaschenregal weg.

Manni setzte sich wieder zu Ändi, der eine Pyramide aus Bierdeckeln vor sich errichtet hatte.

Marie warf den fest programmierten Alle-Fünf-Minuten-Absicherungs-Blick zu ihrem Papa und entdeckte das Kunstwerk. Ihre Äugelchen funkten größte Begeisterung und grenzenlosen Respekt. »Toll, Ändi!«

Hastig rutschte sie vom Hocker und hopste herbei.

»Darf ich auch?«

»Klar«, sagte Ändi. Marie nahm einen Deckel und versuchte ihn oben auf der labilen Pyramide zu plazieren. Und klappklappklapp stürzte sie in sich zusammen.

»Oh ... « kommentierte Marie ihr Mißgeschick enttäuscht.

»Macht nichts«, tröstete sie Ändi. »Ist mir auch schon mal passiert.«

Schang trat an den Tisch, sah Ändi und Marie an, und dann Manni. »Er läßt dich holen«, sagte er.

»Wann?«

»In zehn Minuten kommt ein Wagen.«

»Danke, Schang.«

»Paß auf dich auf«, erwiderte der Wirt und verzog sich zu Resi hinter den Tresen. »Traust du dir zu, die Kleine ins Bett zu bringen?« fragte Manni.

»Klar!« Das kam von Marie. Wie aus der Pistole geschossen.

Ändi zuckte mit den Schultern. Diese Aufgabe schien er sich durchaus zuzutrauen, aber mit der Vorstellung, Manni jetzt allein zu irgendeinem Gangsterboß abfahren zu lassen, hatte er so seine liebe Not.

»Sei vorsichtig«, sagte er.

»Kein Problem«, versuchte Manni ihn zu beruhigen. Er fischte seinen Schlüsselbund aus der Jackentasche, machte den Wohnungstürschlüssel ab und reichte ihn Ändi.

»Schätze, in zwei Stunden bin ich spätestens zurück.«

»Ist gut«, sagte Marie. Sie sah Ändi an, als wollte sie sagen: Klasse! Dann können wir solang ja noch spielen!

Ein junger Mann betrat das Lokal und schaute zu Schang. Das Kinn des Kneipiers zielte auf Manni und bewegte sich auf und ab. Der Mann kam an den Tisch und verbeugte sich höflich. Er hatte perfekt gescheitelte braune Haare, trug einen dunkelgrauen Anzug, ein weißes Hemd mit zurückhaltend bunter Krawatte und blankgewienerte Halbschuhe. Von diesem Mann würde sich jeder, ohne groß nachzufragen, eine Lebensversicherung auf's Auge drücken lassen.

»Herr Thielen?« fragte er in akzentfreiem Hochdeutsch.

Manni nickte und stand auf.

»Wir können.«

Manni gab Marie ein Küßchen auf die Stirn und Ändi einen Klaps auf die Schädeldecke. Dann folgte er dem Mann aus dem Lokal.

Halb auf dem Bordstein stand ein mattschwarzer Jaguar XJ mit zwölf Zylindern und dunkelgrün getönten Scheiben. Der Mann öffnete den hinteren Schlag, ließ Manni im Wageninneren Platz nehmen, die Tür dezent ins Schloß fallen und setzte sich ans Steuer. »Wollen Sie fernsehen?« fragte er Manni.

Der Wagen war mit allen Schikanen ausgestattet, von der CD-Soundanlage, über Telefon und Fax bis zum kleinen Farbfernseher, eingebaut in die Rücklehne des Beifahrersitzes.

»Nee«, sagte Manni. Und dann sagte er nichts mehr, und der Schnösel auch nicht.

Der stumme Trip ging über die Nord-Südfahrt bis zum Neumarkt, dann links ab in Richtung Rheinbrücken. Und er endete in der Tiefgarage des Maritim-Hotels.

Der junge Mann half Manni beim Aussteigen und geleitete ihn zum Aufzug, der auf sie gewartet zu haben schien. Sie stiegen ein, und der junge Mann drückte den obersten Knopf.

Die Tür öffnete sich, sie traten auf schweren Teppichboden hinaus.

Bei Zimmer 747 blieb der junge Mann stehen, schob eine Magnetkarte in den Schlitz neben dem Rahmen und drückte die Tür auf. Durch eine kleine Diele ging es in ein großes Wohnzimmer. Gediegen eingerichtet, mit viel dunklem Holz und einer komplett verglasten Frontseite, die über die Balkonbrüstung hinweg bemerkenswerte Blicke auf die Altstadt, den Rhein und den Dom zuließen.

»Nehmen Sie bitte Platz«, sagte der junge Mann. »Darf ich Ihnen etwas zu trinken anbieten?«

»Was haben Sie denn da?« Manni ließ sich in das braune Ledersofa fallen.

»So ziemlich alles.«

Manni überlegte einen Moment, ob er den Schnösel ärgern sollte. Er entschied sich für einen Kompromiß. »Einen mittelalten irischen Whiskey«, sagte er. »Und ein Päckchen Gauloises Blondes.«

»Sehr gern«, erwiderte der junge Mann ohne mit der Wimper zu zucken. »Den Whiskey mit Soda oder gestoßenem Eis? On the Rocks oder pur, gekühlt oder zimmerwarm?«

»Zwei Klumpen Eis, dreifache Ration Whiskey«, sagte Manni.

»Kommt sofort«, sagte der junge Mann, verließ den Raum, kam nach ein paar Minuten mit dem bestellten Drink zurück und servierte ihn formvollendet mit einem eleganten Bückling. Die Zigarettenpackung lag aufgeklappt auf einem goldgerandeten Tellerchen, die obere Reihe Glimmstengel war zugriffbereit in perfekt symmetrischer Giebelform ein wenig herausgezogen.

»Auf Ihr Wohl, Herr Thielen.«

»Schaun wir mal«, sagte Manni, griff zum Glas und nahm einen Schluck. Erste Sahne. Besser konnte Whiskey nicht schmecken.

»Noch einen Moment Geduld bitte«, sagte der junge Mann, verbeugte sich kurz und verschwand.

Manni machte sich eine Zigarette an, nahm das Glas in die Hand, stellte sich vor die Glaswand und blickte über die Stadt.

Von hier oben sah die Welt anders aus. Harmonischer. Geordnet nach einem von unten nicht zu durchschauenden Prinzip.

»Guten Abend, Herr Thielen«, sagte eine tiefe Stimme in seinem Rücken.

Fast wäre Manni das Glas aus der Hand gefallen. Nicht, daß ihn der Tonfall der Stimme erschreckt hätte. Es war die Stimme an sich. Schlagartig war ihm klar, woher Schangs ironischer Augenaufschlag rührte, als der Top-Wirt der Kölner Halb- und Dreiviertelwelt ihm die Frage gestellt hatte, ob er den Doc kennenlernen wollte. Und ihm war klar, warum ein mutmaßlicher Oberboß des organisierten Verbrechens ausgerechnet ihn, eine x-beliebige Bratwurst, mit seinem Jaguar XY 12 ins Maritim hatte chauffieren lassen.

Er drehte sich um und schaute dem Mann, der im Türrahmen stand, fest in die Augen.

»Soll ich jetzt lachen oder weinen?« fragte er.

»Das überlasse ich Ihnen.«

Gut zehn Jahre war das jetzt her. Der Doc hatte versucht, ihm ein paar Morde ans Hemd zu kleben. Aber letztendlich einigte man sich gütlich auf eine stattliche Abfindung. Doch Charly ... naja, Irren ist menschlich ...

Trotz Bossi & Co. hatten die Richter ihn schuldig gesprochen. Und verurteilt, zu zehn Jahren Zuchthaus. Sieben Jahre saß er im Klingelpütz, dann entließ man Dr. Norbert Reuter wegen guter Führung.

Er hatte sich kaum verändert und sah für einen gestandenen Sechziger ausgesprochen gut aus, in seinem von Armani geschneiderten Kaschmiranzug, mit seinen kurz geschorenen weißen Haaren, seinem gebräunten Teint und der randlosen Brille mit Goldbügeln auf seiner schmalen, geraden Nase. Und die Figur noch ohne Fehl und Tadel; groß, kein Bierbauch, waagerecht stehende breite Schultern.

»Setzen wir uns doch«, sagte er.

Manni ließ sich wieder ins Sofa fallen, Dr. Reuter setzte sich ihm gegenüber auf einen Sessel.

»Sind Sie noch sauer auf mich?« fragte Manni.

»Ich war nie sauer auf Sie«, sagte der Doc. »Ich war sauer auf mich selbst, weil ich Sie unterschätzt hatte.«

Manni nickte. »Wäre Charly nicht im unpassendsten Moment mit den Bullen reingeplatzt ... «

Er brach ab, denn der Doc machte eine wegwerfende Handbewegung. »Mein Gott, so ist es halt in diesem Geschäft«, sagte er, »man pokert nun mal etwas höher als ein Kreissparkassenvorstand.«

Wieder nickte Manni langsam. Er nahm einen Schluck Whiskey und schaute in Dr. Reuters lebendige Augen.

»Wer hat Charly hochgejagt?«

Dr. Reuter zögerte einen Moment, als wüßte er nicht, wie und womit er beginnen sollte.

Endlich hatte er sich entschieden. »Sie haben eine hübsche Frau, Herr Thielen«, begann er, »und ein süßes Töchterchen. Marie, fünfeinhalb Jahre alt ... «

Mannis erstaunt empörter Blick konnte ihn nicht im Geringsten bremsen.

»Schauen Sie«, sagte er, »ich verkehre in Regionen, in denen sich gesellschaftliche Barrieren nivellieren. Macht ist Macht, egal von wem mit welchem Zweck ausgeübt. Und die Mächtigen halten zusammen, weil sie Angst haben, ihre Macht wieder zu verlieren.«

Dumpf starrte Manni ihn an. »So einfach ist das ... « gab er bemüht lakonisch von sich.

»So einfach ist das«, wiederholte der Doc. »So habe ich zum Beispiel direkten Zugriff auf alle wichtigen Zentralcomputer dieser Stadt. Es würde mich keine Minute kosten, Ihren momentanen Kontostand abzufragen ... «

»Nur keine Hemmungen«, schob Manni ein. »Aber ich warne Sie: Sie werden einen Heulkrampf bekommen.«

»Sei's drum«, fuhr Dr. Reuter nach einem flüchtigen Lächeln fort, »Sie scheinen auf jeden Fall die Kurve gekriegt zu haben. Was man von Ihrem Freund Karl Schröder nicht unbedingt behaupten konnte. Kokainsucht, Spiel- und Steuerschulden. Da wird man anfällig für Dinge, von denen kleine Fische lieber die Finger lassen sollten.«

»Was für Dinge?«

Kurze Stille. Dann sagte Dr. Reuter: »Soviel man mir zugetragen hat, machte er Drogen- und Waffengeschäfte mit dem wichtigsten Russen in Köln.«

»Mit Ihrem schärfsten Konkurrenten.« Das sollte sitzen.

»Ich habe keine Konkurrenz«, erklärte Dr. Reuter jedoch völlig unbeeindruckt, »ich versuche nur, den Kuchen dahingehend zu kontrollieren, daß bestimmte etablierte Leute nicht zu kurz kommen.«

»Edel, edel«, kommentierte Manni whiskeyschlürfend.

»Und ich vermute«, sagte Dr. Reuter, »Ihr Freund Charly ist frech geworden, und man hat an ihm ein Exempel statuiert.«

»Genaues wissen Sie nicht?«

»Tut mir leid« Dr. Reuter legte die Hände im Schoß zusammen und schüttelte leicht mit dem Kopf.

Manni sah ihn an.

»Wer ist Sergej?« fragte er.

Dr. Reuter nickte. »Sie haben also schon von ihm gehört ... «

»Wer ist Sergej?«

»Sergej Barischov ist der Mann aus Moskau«, sagte Dr. Reuter langsam, und nicht ohne einen gewissen Respekt, »von dem ich eben gesprochen habe.«

»Kölns wichtigster Russe. Fast hatte ich's mir gedacht. Mit was beschäftigt er sich?«

»Mit allem, was Geld bringt«, sagte Dr. Reuter. »Drogen, Mädchen, Geldwäsche, Autos, Schutzgeld, Spielclubs ... « Er unterbrach kurz, um durchzuatmen. »... und Waffen.«

Manni schüttelte den Kopf. »Wahnsinn.«

»Zu diesem Mann können Sie nicht einfach sagen: Laß mich in Ruhe, sonst kriegst du Ärger mit dem Essers Häns, den Langen Joes oder Tünns oder sonst einer Provinzgröße«, sagte Dr. Reuter, »denn zum einen kennt Sergej diese Namen überhaupt nicht, und zum anderen steht der halbe KGB in seinem Adreßbuch. Er läßt einen Top-Mann einfliegen, zeigt ihm ein Foto und sagt ihm, wo er das Objekt antrifft. Der Mann geht hin und macht seinen Job. Professionell und ohne Spuren zu hinterlassen. Wie er es in langen Dienstjahren schon hundertmal praktiziert hat. Und am nächsten Morgen frühstückt der Killer, mit zweitausend Deutschmark in der Tasche, wieder auf dem Roten Platz.«

Manni sah ihn beeindruckt an. »Das hört sich ja recht düster an«, gab er zu.

»Es ist nicht düster, es ist stockfinstere Nacht«, sagte Dr. Reuter. »Man sieht die eigene Hand nicht mehr vor den Augen.«

Manni leerte sein Glas, lutschte die Eisreste mit der Zunge ab. Dr. Reuter fixierte ihn.

»Was wissen Sie über die Geschäfte Ihrer Freundes?«

»Nichts«, sagte Manni. »Und wenn ich Sie richtig verstanden habe, ist das auch gut so.«

»Wir scheinen uns tatsächlich verstanden zu haben«, sagte der Doc. »Es wäre ja auch schade um Sie.«

Der Kopf des jungen Mannes erschien im Türrahmen. Dr. Reuter schaute auf seine altenglische Armbanduhr.

»Wir sind gleich soweit«, sagte er. Der junge Mann nickte und zog sein gepflegtes Gesicht aus dem Türspalt.

»Da wäre nur noch eine Sache«, begann Manni vorsichtig. »Sie wissen ja, wie's finanziell um mich steht. Und da Sie eh alles wissen, wissen Sie natürlich auch, welche Kosten in einer Kleinfamilie so tagtäglich anfallen, heutzutage ...«

Er brach ab, sah Dr. Reuter an.

»Ich höre«, sagte der Doc mit gespannten Stimmbändern.

»Ich hab da was an der Hand«, sagte Manni langsam, »das ist auf dem Schwarzmarkt Minimum fünfhundert Dollar-Riesen wert.« Die genannte Summe schien durchaus ein Niveau zu haben, das angemessen war, um bei Dr. Reuter ein gewisses Interesse zu wecken.

»Aha«, sagte er.

»Ich bin völlig weg von der Straße und will das Zeug so cool und beschleunigt wie möglich von der Backe haben«, erläuterte Manni. »Ich würd's Ihnen für eine Viertelmio D-Mark überlassen.«

»Was für Zeug?«

Manni sah ihn an. »Fabrikneue Waffen«, sagte er.

»Russische?«

Manni zuckte mit den Schultern. »Keine Ahnung«, log er, »ich versteh nichts davon.«

Dr. Reuter blickte ihn schweigend an.

»Sind Sie telefonisch zu erreichen?«

Manni schüttelte den Kopf. »Mir ist's lieber, wenn meine Privatnummer aus dem Spiel bleibt.«

»Verstehe«, sagte Dr. Reuter, »dann versuchen Sie, mich, so bald wie Ihnen lieb ist, über Schangs Lokal zu kontakten.«

»Und was passiert dann?«

»Dann«, sagte der Doc, »könnten Sie sich mit einem meiner Experten treffen und ihm ein paar Muster vorlegen, und ein Polaroid der gesamten Ware.«

Manni nickte langsam.

»Und dann machen Sie mir ein Angebot.«

Dr. Reuter stand auf und reichte ihm die Hand.

»Unter Umständen.«

IX

Sie standen vor ihrem Bettchen. Manni klopfte Ändi anerkennend auf die Schulter.

Gut zugedeckt lag Marie auf dem Rücken, und auf ihrem Gesicht lag ein verstecktes Lächeln. Sie atmete tief und regelmäßig. Plötzlich kicherte sie leise.

Offensichtlich hatte sie die Schwelle zum Reich der Träume in blendender Laune überschritten.

Die beiden Jungs gingen rüber ins Wohnzimmer und hauten sich in die Garnitur. Manni langte zum Telefon, holte einen Zettel aus der Hosentasche und wählte.

»Marien-Hospital, Frauenstation, Nachtschwester Hildegard am Apparat«, meldete sich eine beseelte Stimme.

»Thielen-Sandini hier«, sagte Manni. »Wie geht's meiner Frau?«

»Zimmer 203?«

»Richtig.«

»Ihrer Frau geht es gut, Herr Sandini«, antwortete die Schwester. »Sie schläft.«

»Keine Komplikationen?«

»Im Gegenteil«, drang es nachtschlafsichernd aus dem Hörer, »der Stationsarzt war bei der Visite sehr zufrieden mit ihrem Zustand.«

»Hört sich doch nicht verkehrt an«, sagte Manni erleichtert. »Dann wünsche ich Ihnen eine gute Nacht, Schwester.«

»Ich Ihnen auch, Herr Sandini.«

Manni legte auf, atmete tief durch und sah Ändi an, der mitfühlend lächelte.

Doch dann, wie abgesprochen, verfinsterten sich die Mienen der beiden gleichzeitig und schlagartig.

»Das ist ja eine tolle Geschichte«, begann Ändi vorsichtig das Gespräch, »die du mir eben von diesem Doc erzählt hast.«

»Hammerartig, was?«

Ändi nickte. »Falls du mit ihm ins Geschäft kommen solltest, könntest du ihn dann mal nach Irina fragen, ich meine ... «

Manni schlug sich gegen die Stirn. »Scheiße, hab ich ganz vergessen! Klar mach ich das. Er weiß mit Sicherheit, wo du nach ihr suchen mußt.«

»Das wäre schön«, sagte Ändi, und ein wehmütiger Glanz entstieg dem Ozean seiner Augen.

»Schön wäre auch, wenn wir die zweihundertfünfzig Tausender schon im Sack hätten«, sagte Manni.

»Wir?« Der Ozean verlief in der Form eines erstaunten Fragezeichens.

»Ich dachte, wir wären Partner«, sagte Manni. »Halbe-halbe.«

»Das ist nicht dein Ernst!«

»Doch, mein Freund«, sagte Manni, »wer's schafft, meine Tochter ins Bett zu bringen, ist zu Höherem berufen.«

»Du bist verrückt.« Doch jetzt lächelte Ändi.

»'n bißchen verrückt sind wir alle«, sagte Manni. »Und das ist gut so. Und außerdem läg ohne dich die Bingo-Postkarte noch im Sandkasten vorm Fort X.«

Ändi schüttelte den Kopf. »Manni, Manni ... «

»Und noch was muß ich dir stecken«, sagte Manni, »ich hätte viel zu viel Schiß, die Sache allein abzuwickeln. Ehrlich wahr.« Er grinste. »Ein Schutzengel mit deinen Handkanten strahlt auf mich die nötige Ruhe ab. Mit der entsprechenden Voltzahl.«

Ändis Hirn tickte bereits in einer anderen Datei.

»Wie willst du vorgehen?« fragte er.

Manni stand auf und ging zum Schrank. Er öffnete alle Türen, schaute in alle Fächer, wühlte in allen Schubladen und brachte schließlich eine alte Sofortbildkamera zum Vorschein.

»Wenn wir Marie im Kindergarten abgeliefert haben, kaufe ich einen Polaroidfilm, dann fahren wir raus zur Bingo-Koje, schießen ein paar Stilleben, packen uns von jeder Knarrensorte ein Modell untern Arm und lassen uns im Friesenhöttchen einen Termin mit Docs Waffenspezi einrichten. Und dann sehn wir weiter.«

Ändi nickte nachdenklich. »Mit der Vespa oder einem Taxi?«

Manni glotzte ihn an, kopierte dann aber sogleich seinen etwas indifferenten Gesichtsausdruck. »Klar«, gab er zu, »mit dem Arm voll MPis durch die Stadt zu rollern, ist nicht das Gelbe vom Ei, muß ich zugeben.« Er rieb sich das unrasierte Kinn.

»Leihwagen?«

»Krieg ich keinen ohne Bargeld oder Scheckkarte.«

Schweigen. Eine Mücke näherte sich Ändis Schläfe. Als sie zur Landung auf die angepeilte Blutbahn ansetzte, pflückte sie Ändi aus der Luft wie ein Baseballspieler den Ball, auf Eurosport, bei ausgeschaltetem Ton.

»Wie gut kennst du die Leute von Maries Kindergarten?« riß er den umhertapsenden Manni aus dem finsteren Labyrinth seiner Ganglienwindungen, das er ohne Taschenlampe betreten hatte.

»Wie gut ich wen kenne?« fragte Manni.

»Kennst du die Leute gut genug«, sagte Ändi, »daß sie dir diesen Wagen leihen?«

»Was für'n Wagen?« Manni war verwirrt. »Ja, sag mal ...«

»Heute morgen stand da so ein Wagen mit Deichsel im Vorgarten.«

»Der Bollerwagen!« Manni hatte kapiert.

»Was hältst du davon, wenn wir uns diesen Wagen ausleihen?«

Mannis Augen leuchteten auf. »Wir binden ihn hinten an die Vespa, legen die Knarren rein, setzen ein paar Kiddies drauf, und ab geht's auf Bockwurst und Frikadellen zum Friesenhütchen!«

»Gelbe Limonade hast du vergessen«, ergänzte Ändi.

»Klasse!« sagte Manni, der sich donnerschlagmäßig in den Plan verknallt hatte.

»Du bist ein ganz schöner Spinner ...« beendete Ändi abrupt seinen Höhenflug, »... mit Verlaub zu sagen.«

Notlandung.

»Hast ja recht«, verabschiedete sich Manni etwas kleinlaut von seiner Vision. »Wie kann's sonst laufen?«

»Wir bringen Marie morgen früh in den Kindergarten und leihen uns den Wagen«, erklärte Ändi seinem Generalstab, »wir legen die Minnie-Maus-Decke und ein paar Spielsachen rein. Dann geht einer von uns damit zum Versteck.«

»Gehen?« Manni traute seinen Ohren nicht. »Vom Kindergarten sind das mindestens zehn Kilometer!«

»Anderhalb Stunden«, sagte Ändi schulterzuckend. »Du kannst ja mit der Vespa nachkommen.«

»Darüber reden wir später«, sagte Manni abwinkend. »Wie geht's dann weiter?«

»Ganz einfach: Wir machen die Fotos und transportieren die Muster in dem Handwagen zu einem anderen Versteck. Dann fahren wir zu Schang und machen einen Termin aus.«

»An was für ein Versteck hattest du gedacht?« fragte Manni.

Ändi überlegte einen Moment. »Habt ihr einen Keller hier?«

»Ja, sicher«, sagte Manni, dem überhaupt nicht wohl war bei dem Gedanken, die Waffen zwischen ollen, von Ratten zerfetzten Pizzamehlsäcken zu deponieren. »Meinst du«, gab er zu bedenken, »es wäre schlau, die Sachen hier im Haus zu haben? Was ist, wenn die Polizei eine Razzia macht?«

»Warum sollte sie eine Razzia machen?«

Manni zuckte mit den Schultern. »Bei den Brüdern weiß man nie so genau, warum sie das Eine tun und das Andere lassen.«

»Mach einen besseren Vorschlag«, sagte Ändi, »ich kenne mich in Köln nicht aus.«

Manni überlegte.

»Wie wär's mit einem ausrangierten Camping-Anhänger ... ?« bot er schließlich etwas unsicher an.

»Hört sich nicht schlecht an«, sagte Ändi kopfnickend. Und Manni war erleichtert, es seinem Feldmarschall recht gemacht zu haben.

»Und was machen wir jetzt?« fragte er voller Tatendrang.

Ändi zuckte mit den Schultern. »Schlafen?«

Manni schaute auf die Uhr. »Um elf Uhr knacken? Das bringe ich nicht. Und nach so einem Tag schon gar nicht.«

Er überlegte einen Moment. »Saufen fällt auch flach, mit dir ... Wie wär's mit Backgammon?«

»Hört sich gefährlich an«, sagte Ändi.

»Ist's aber nur, wenn man um hohe Summen spielt«, erwiderte Manni und holte den Koffer vom Schrank.

»Backgammon ist ein Spiel, soso ... « sagte Ändi lächelnd.

Manni baute die Steine auf. »Keinen Bock?«

»Doch doch«, erwiderte Ändi, »aber ich kenn's nicht.«

»Bring ich dir bei, kein Problem«, beruhigte ihn Manni.

Manni gewann die erste Partie. Dann gewann Ändi sieben Mal hintereinander. Anfängerglück. Trotzdem war Manni ganz plötzlich ganz müde und wollte ganz schnell pennen gehen.

Charly stand im Zimmer und sagte: ›Manni, laß die Finger von dem Scheiß.‹ Und er zog einen Trommelrevolver aus seinem Westerngürtel, legte die Mündung an seine Schläfe und drückte ab. Vor Mannis Augen. Charly fiel zu Boden. Mit einem leisen Poltern.

Manni schreckte hoch. Sein T-Shirt klebte schweißnaß an seiner Brust. Es war stockfinster im Zimmer. Aber unter der Ritze zum Flur war ein dünner Lichtstreifen zu sehen. Hatte er etwa vergessen, das Licht auszumachen? Und dann war da plötzlich ein schleifendes Geräusch. Das war kein Traum mehr. Irgend etwas passierte da draußen. Manni stand lautlos auf und ging der Lichtleiste auf Zehenspitzen entgegen. Er drückte vorsichtig die Klinke herunter, schob die Tür einen Spaltweit auf und sah hinaus. Die Tür zu Maries Zimmer war angelehnt, wie verabredet, und die Tür zum Wohnzimmer stand offen. Das war nicht verabredet gewesen. Manni schlich den Flur entlang und schaute vorsichtig um den Türpfosten. Auf dem Sofa saß ein Mann, den er noch nie gesehen hatte. Der Mann trug einen schwarzen Jogginganzug und dunkelblaue Turnschuhe, er hatte ein kantiges Gesicht und kurze schwarze Haare. Und er schlief. Sein Kopf war nach hinten über die Sofalehne gekippt.

Ändi saß neben ihm, nur mit Unterhose und Jeansjacke bekleidet. Er ließ das Magazin aus dem Griff einer schwarzen Pistole klicken, schraubte den Schalldämpfer ab und legte ihn auf den Tisch, zu ein paar chromblitzenden Spezialwerkzeugen und einem krummgesessenen braunen Lederportemonnaie.

»Ein Kumpel von dir?« fragte Manni, als er den Raum betrat. Ändi schaute auf.

»Nicht ganz«, sagte er.

»Und wer hat uns den Kuckuck ins Nest gelegt?«

»Keine Ahnung.«

»Ich hab die Klingel gar nicht gehört.«

»Ich auch nicht.«

Manni starrte ihn an, starrte den weggetretenen Körper neben ihm auf dem Sofa an. »Du meinst ... ?« Ändi nickte schulterzukkend zu dem Werkzeug auf dem Tisch.

»Er ist hier eingebrochen«, sagte er, »und er hat sofort die Waffe gezogen, als ich vor ihm aufgetaucht bin.«

»Du hast ihn klargemacht?«

Ändi nickte bescheiden. Das war nun mal so seine Art.

»Er wird in schätzungsweise einer halben Stunde wieder aufwachen«, prognostizierte er mit der Sicherheit eines erfahrenen Anästhesisten.

Manni setzte sich aufrecht in einen Sessel, starrte die Pistole an, und den Schalldämpfer, und versuchte die Gedanken zu sortieren, die ihm durch den Kopf rasten.

»Er ist Russe«, sagte Ändi.

»Hat er Papiere dabei?«

»Natürlich nicht«, erwiderte Ändi. »Aber er hat einen leisen Fluch ausgestoßen.«

Mannis Hände griffen nach einer Zigarette. »Etwa einer dieser KGB-Killer, von denen der Doc gesprochen hat?«

Ändi sah ihn schweigend an. Nichts regte sich in seinem Gesicht.

»Scheiße«, sagte Manni, »Charly hat diesem Sergej irgendwie die Ladung Waffen abgelinkt, und der hat spitzgekriegt, daß ich etwas damit zu tun haben könnte.«

»Schon möglich«, sagte Ändi. Er erhob sich, zog den Reißverschluß der Joggingjacke des Mannes herunter, packte ihm um den Nacken, drückte den Oberkörper nach vorn und befreite ihn von dem Kleidungsstück. Ein russisches Fabrikat, wie das Logo im Kragen besagte. Ändi zog ihm den Schulterhalfter aus und das Polohemd. Der Mann hatte einen drahtigen behaarten Oberkörper. Seinem linken Unterarm war ein Stück abhanden gekommen, wie von einem Hai herausgebissen, mit neuer Haut bespannt und grob vernarbt. Ändi hob den rechten Arm des Mannes in die Höhe und deutete auf die kleine Tätowierung in der Achsel, direkt neben dem Haaransatz. Fünf Punkte in Kreisform angeordnet.

»Was sagt dir das?« fragte Manni.

»Spezialeinheit«, antwortete Ändi.

»Gefährlich?«

»Wie man's nimmt«, sagte Ändi, »diese Tätowierung sagt eigentlich nur, daß unser nächtlicher Besucher mit Sicherheit schon ein paar Menschenleben auf dem Gewissen hat.«

Manni starrte den Killer an. Das traute man dem Häufchen Elend gar nicht zu, wie es da so im Polster hing und leise röchelte.

Doch dann fuhren seine Sinne Karussell. Was wäre gewesen, wenn Ändi nicht dagewesen wäre, oder wenn die polnische Kampfmaschine wie er selbst tief und fest gepennt hätte, was wäre mit ... ?

»Papa?«

Die Kleine stand in ihrem Pippi-Langstrumpf-Schlafanzug im Türrahmen und sah Manni an.

»Was will der denn hier?« fragte Marie mit unüberhörbar tadelndem Zwischenton.

»Der war müde«, sagte Manni und stand auf, »und der geht auch gleich wieder.«

Er hob Marie in seine Arme hoch und gab ihr ein Küßchen auf die schlafglühende Wange. »Mußt du Pipi?«

Marie nickte mit Schmollmündchen.

»Ich bring dich hin.«

Er ging mit ihr den Flur entlang, setzte sie vor der Badezimmertür ab und machte Licht über dem Spiegel. Marie schob ihn aus dem Raum und schloß die Tür vor seiner Nase. Mit zwei kurzen Pausen dazwischen plätscherte es dreimal in unterschiedlichen Dissonanzen. Pipi, Klospülung, Wasserhahn. Dann öffnete sich die Tür, und Marie streckte ihrem Papa die kleinen Arme entgegen. Er nahm sich das Mädchen zur Brust und brachte sie in ihr Bett zurück.

»Schlaf schön weiter«, flüsterte er ihr ins Ohr.

Sie nickte brav, und Manni machte drei Schritte in Richtung Tür.

»Papa?«

Er blieb stehen.

»Ja?«

»Ich mag den Mann nicht«, sagte sie.

»Ich auch nicht«, erwiderte Manni. Er ging zu ihr zurück und legte die Hand auf ihre Stirn. »Aber mach dir keine Sorgen. Der Mann ist allein. Und wir sind zu dritt.«

Er lächelte, und als Marie es kapiert hatte, lächelte sie auch. Und gab ihrem Papa ein Küßchen.

»Wir schicken ihn jetzt wieder nach Hause«, sagte er.

»Ist gut«, gab Marie mit einem herzhaften Gähnen von sich, umschlag ihr Kopfkissen und schloß die Augen.

Manni ging zurück ins Wohnzimmer und sah Ändi an.
»Was machen wir jetzt mit ihm?«
»Der Polizei übergeben?« antwortete Ändi mit einer Gegenfrage.
»Wenn er plaudert«, sagte Manni, »und die Sache kommt in die Presse ... «
»Welche Sache?«
»Die Sache mit den Waffen.«
»Wie kommst du darauf, daß er etwas von Charlys Waffen weiß?« gab Ändi zu bedenken. »Vielleicht ist er nur ein alter KGBler, der sich seine tägliche Ration Wodka durch Einbrüche finanziert.«
»Schon möglich«, sagte Manni. Obwohl diese Theorie diametral seinen Instinkten widersprach. Und bestimmt auch denen von Marie.
»Du glaubst nicht dran, nicht wahr?« diagnostizierte Ändi treffsicher.
»Nein«, sagte Manni. »Wir müßten rauskriegen, ob ihn jemand geschickt hat, und mit welchem Auftrag.«
Ändi schaute kopfschüttelnd auf den Mann neben sich. »Aus dem kriege ich nichts raus. Der ist perfekt geschult«, sagte er. »Selbst mit Feuerzeug und Rohrzange nicht.«
»Rohrzange?«
Ändi pumpte mit den Fingern seiner rechten Faust und hob sie über den Hosenstall des Russen. Manni hatte verstanden, und ein gefrorener Alligator kletterte seine Wirbelsäule hinauf. Er wischte sich das Vieh von der Schulter.
»Du bist doch Spezialist«, sagte er langsam, und Ändi zuckte dezent mit den Schultern.
»Und von Nachtschlaf hältst du ja eh nicht viel. Zum Glück.«
»Worauf willst du hinaus?« fragte Ändi.
»Wie wär's, wenn du dir den Kerl über den Rücken wirfst und drüben am Ebertplatz unter einem Holunder ablegst?«
Ändi nickte.
»... und ihn im Auge behalte, bis er aufgewacht ist«, führte er den Gedanken fort.
»Dann klemmst du dich unauffällig an seinen Fersenschweiß und schaust dir an, wohin er abtaucht.«

»Nicht schlecht, Partner«, sagte Ändi anerkennend und war schon dabei, den Russen wieder spielsalonfähig anzukleiden.

Als er ihm den Zofendienst erwiesen hatte, legte er den Schulterhalfter neben die Waffe auf den Tisch.

»Die behältst du vorsichtshalber hier«, sagte er und montierte das Präzisionsteil wieder zusammen. Er deutete auf einen kleinen Hebel oben am Griff. »Den drückst du zur Seite. Dann kannst du schießen. Vierundzwanzigmal.«

Manni nickte und nahm die Waffe mit respektvoll vibrierenden Fingern in Empfang. Kalt war das Teil, ein hartes Stück Eis. Aber es lag gut in seiner Hand. Wie für ihn gegossen.

»Hast du ein Fahrrad?« fragte Ändi.

»'n Fahrrad?«

»Da könnte ich ihn draufsetzen und schieben«, erläuterte Ändi. »Das sieht dann so aus, als würde ich einen besoffenen Freund nach Hause bringen. Und später kann ich ihn damit verfolgen.«

»Aber nicht, wenn er sich ein Taxi nimmt.«

»Wovon sollte er ein Taxi bezahlen?«

Ändi öffnete die Geldbörse, die neben dem Spezialwerkzeug auf dem Tisch lag, und zog vier Hundertmarkscheine daraus hervor. Mehr war auch nicht drin. Aber immerhin. Zwei Scheine reichte er Manni, zwei steckte er in die linke Brusttasche seiner Jeansjacke.

Manni lächelte. »Hallo Partner, danke ... «

»Halbe-halbe, hatte ich dich verstanden ... « sagte Ändi und schob Bruchwerkzeug und Portemonnaie in die Tasche der Jogginghose und sicherte den Inhalt per Reißverschluß.

»Vielleicht wird das Taxi ja am Fahrziel bezahlt«, gab Manni zu bedenken.

»Hast du nun ein Fahrrad oder nicht?« wollte Ändi konkret wissen, um seine nächste Zukunft gestalten zu können.

»Marlena hat eins«, sagte Manni. »Es steht unten im Hof. Ein dunkelgrünes Hollandrad. Mit 'nem Kindersitz hinten drauf.«

Ändi schaute zur Taille des Russen hinab und grinste. »Da paßt er wahrscheinlich nicht rein.«

»Wohl kaum«, bestätigte Manni.

Ändi stand auf, hob den Russen hoch und legte ihn sich über die Schulter.

»Mach's gut«, sagte Manni.

»Paß auf dich auf«, sagte Ändi, »und auf moje Sloneczko ganz besonders.«

Manni lächelte. »Keine Sorge.«

Ändi nickte ihm noch einmal kurz zu. Und der Warschauer Pakt verschwand im Treppenhaus.

Manni schloß die Tür zweimal ab und ging ins Schlafzimmer. Er nahm eine der beiden Matratzen aus dem Elternbett, trug sie vorsichtig in Maries Zimmer und legte sie neben der Tür auf dem Boden ab. Er holte Kissen, Plumeau und den Wecker nach und schaute von der Tür aus zu Maries Bettchen hinüber. Er konnte ihren zugedeckten Körper deutlich ausmachen. Er stellte den Tisch in die Blickachse und die Kommode darauf, und er legte die Pistole neben sein Kopfkissen.

X

Der Wecker rasselte und Manni schlug mit routiniertem Bums auf die Mitte des Nachttischs links neben seinem Kopfkissen. Aber da war kein Nachttisch, und somit auch kein Wecker. Sondern nur ein kaltes, hartes Etwas. Er riß die Augen auf, sah das Nilpferdmobile über sich an der Decke kreisen, fand den Wecker schließlich rechts von seinem Kopfkissen und brachte ihn kaltblütig zum Schweigen. Links neben dem Kopfkissen sah Manni die Pistole. Und sogleich stand er senkrecht auf der Matratze. Marie schlief noch, halb. Er hörte sie leise seufzen.

Er rannte raus auf die Diele. Die Tür zum Wohnzimmer stand halb auf, wie Manni sie immer stehen ließ, damit sich sein Zigarettenqualm gerecht in der ganzen Wohnung verteilte. Mit zwei Sprüngen stand er im Rahmen und versteinerte.

Ändi war nicht mehr zurückgekommen.

Er ließ sich ins Sofa fallen, nahm die letzte Zigarette aus der Packung, die ihm Docs Schnösel kredenzt hatte, und hielt das Feuerzeug daran. Viel Feuerstein, null Gas. Er warf das Ding in die Ecke und eilte in die Küche zum Toaster. Aber soweit kam er nicht. Erst mal nicht. Auch der Bock auf die Zigarette war für Sekunden wie weggeblasen. Erleichtert sah er Ändi an, der hinter einer Tasse Tee saß und wieder in seinem Lieblingsbuch las; dem über die Geheimnisse der Italienischen Küche.

»Ich hab Brötchen mitgebracht«, sagte er. »Und Rosinenweckchen.«

»Mensch, Ändi«, ließ Manni kalten Dampf ab, »ich hatte schon gedacht ... «

»Reg dich ab, mein Freund«, sagte Ändi. »Ich habe zwei Jahre im Gazahstreifen überlebt, da werden mich doch drei Wochen Domplatte nicht kleinkriegen.«

Jetzt drückte Manni den Toastereinschub runter und hielt die letzte Gauloises Blondes an die glühenden Drähte. Es geht doch nichts über den ersten Zug vor Zähneputzen und Frühstück. Leider hatte er am Abend vorher nicht gesoffen; dann wäre er noch besser gekommen. Der erste Zug.

Mit dem zweiten stellte sich dann auch schon wieder die normale Sehschärfe ein – auf Ändis Augen.

»Erzähl!« stieß er mit dem Qualm hervor.

Ändi klappte das Buch zu, nippte an seinem Tee und zuckte mit den Schultern.

»Ich hab ihn abgelegt in einem Gebüsch«, begann er, wieder in dieser Art, als ob er schilderte, wie seine Großmama Erdbeergelee herzustellen pflegte. »Und gewartet. Irgendwann ist er dann aufgewacht, hat sich aufgerappelt und die Treppe zum Ring hochgeschleppt. Er hat sich umgeschaut, und da haben die Scheinwerfer eines Autos aufgeblinkt, das am Straßenrand geparkt war. Das Auto fuhr vor, und unser Freund stieg ein.« Er brach ab und nahm wieder ein Schlückchen Tee zu sich.

»Und weg war er«, kombinierte Manni, eidotterstumpf.

»Ich habe den Wagen verfolgt.«

»Mit Marlenas ollem Fahrrad?« Manni kam aus dem Staunen nicht mehr raus.

»Exakt«, sagte Ändi, »die Nordsüdfahrt runter, über die Deutzer Brücke ...«

»Nicht zu fassen ...«

»Bis zum Hyatt. Und da sind unser Mann und der Fahrer ausgestiegen und in dem Hotel verschwunden.«

»Hm ...« Mehr fiel Manni dazu nicht ein. Doch dann brutzelte es wieder ein wenig in seiner Hirnschale.

»Und da haben die ihn nicht gleich rausgeschmissen? So wie der aussah? Im Jogging? Mit Turnschuhen vom Aldi?«

»Nein«, sagte Ändi. »Während der halben Stunde, die ich davor gewartet habe, auf jeden Fall nicht.«

Jetzt war Manni wieder voll da. »Hast du dir das Kennzeichen notiert, den Wagentyp und die Farbe gemerkt?«

»Klar«, sagte Ändi ruhig. »Ich habe mir das Auto auf dem Hotelparkplatz sogar genau angesehen, von außen und innen. Audi 100, metallic-grau, Baujahr 92, 73000 Kilometer gelaufen, Kennzeichen K-KL 1324, und keinerlei Gegenstände oder Hinweise im Wageninneren, die auf den Eigentümer schließen ließen.«

Manni schüttelte fassungslos den Kopf. »Wenn ich die Wahrheit über dich in der Zeitung lesen würde, ich wär mir sicher, es wäre eine Ente.«

»Wie meinst du das?«

»Vergiß es«, sagte Manni. »Wie sah der Fahrer des Audi aus?«

»Vom Gesicht war nicht viel zu sehen, er hatte eine karierte Stoffkappe tief in die Stirn gezogen«, erinnerte sich Ändi, »so um die Vierzig schätzungsweise, mittelgroß, sportlicher Gang, braune Wildlederjacke, helle Hose, Halbschuhe.«

Manni nickte nachdenklich.

»Offensichtlich hat er ja am Ebertplatz auf seinen Kumpel gewartet.«

»Sah ganz so aus«, bestätigte Ändi.

»Das heißt, er wußte, wo unser Russe eingebrochen war«, sagte Manni, »und er hat euch beide beobachtet, wie ihr mit Marlenas Fahrrad abgeschoben seid.«

»Wahrscheinlich.«

»Mit anderen Worten ...« Manni unterbrach kurz und sah Ändi mit mulmigem Gefühl an, »... wissen die jetzt, daß du auch drin hängst.«

Dies schien Ändi nicht im Geringsten zu beunruhigen. »Na und?« war sein schlichter Kommentar. »Vielleicht hilft es mir ja sogar, Irina zu finden, indirekt.«

»Ach ja!« sagte Manni. »Laß doch mal zwei Kopien von dem Foto machen, damit ich dem Doc beim nächsten Treffen was vorlegen kann.«

»Drüben im Kopierladen?« fragte Ändi.

Manni nickte und zuckte zusammen.

»Papa!« schallte ein schriller Kasernenton durch die Diele.

»Scheiße«, sagte Manni und sprang auf. »Wenn die Kleine nicht pünktlich um halb neun im Kindergarten ist, sind die Erzieherinnen sauer.«

»Und es gibt keinen Bollerwagen ...« ergänzte Ändi.

»Genau!«

Marie stand auf der Matratze, die Manni als Nachtlager gedient hatte, und hielt mit neugierig fragendem Blick die Pistole in beiden Händen.

»Oh nein, Schätzchen!« Hastig nahm Manni ihr das Mordsteil aus den Fingern und deponierte es auf dem Kleiderschrank.

»Was ist denn hier passiert?« fragte Marie und schaute sich im Zimmer um.

»Ich hab heute nacht in deinem Zimmer geschlafen«, sagte Manni.

»In der Kommode?«

»Nein, die habe ich ...« Manni kam etwas ins Schleudern, »die habe ich dahin gestellt, weil ... weil du so laut geschnarcht hast.«

»*Du* hast geschnarcht!« kam es trotzig zurück.

»Dann hat die Kommode ja nicht viel genützt«, hoffte Manni das Thema abgewürgt zu haben.

»Ist Ändi da?« wollte Marie wissen. Die Schnarchstory hatte funktioniert.

»Klar«, sagte Manni erleichtert, »er wartet in der Küche auf dich. Wir müssen uns beeilen, in zwanzig Minuten mußt du im Kindergarten sein.«

»Sonst schimpft Bettina mit uns«, ahnte Marie das drohende Unheil goldrichtig.

»Genau, und deshalb geben wir jetzt ein bißchen Gas mit dem Anziehen.«

»Du bist ja selbst noch nicht angezogen!«

Da hatte sie recht.

Manni zog ein paar Klamottenstapel aus Maries Schrank, warf sie auf die Matratze. »Such dir was aus und zieh dir an, was dir gefällt. Ich geh rüber und mach mich in meinem Zimmer fertig.«

»Ist gut«, sagte Marie. »Mal sehen, wer schneller fertig ist.«

»Mal sehen.«

Manni verließ das Zimmer, und Marie suchte sich gelbe Strümpfe, ein geblümtes Unterhemdchen, ein Höschen mit Elefanten drauf, eine Minnie-Mouse-Legging und ein Sweat-Shirt mit vierblättrigen Kleeblättern aus.

Manni sprang in Jeans und Cowboystiefel, hielt den Kopf unter den Wasserkran und kämmte sich die nassen Haare nach hinten weg.

Als Marie, stolz wie eine Oscar-Preisträgerin und bunt wie die Kreuzung dreier exotischer Papageienarten, die Küche betrat, hatte er ihr bereits ein halbes Brötchen mit Leberwurst geschmiert und einen lauwarmen Kakao gerührt.

»Hallo, Ändi«, sagte sie.

»Hallo, Marie.«

»Warum sagst du nicht moje Swonetzklo?«

»Hallo, moje Sloneczko.«

Glückselig ging sie zu ihm und drückte ein Küßchen an seine Wange. Das hatte sie bisher noch nie getan bei einem Mann, mit Ausnahme von Papa und Opa selbstverständlich. Aber Kinder haben eben so ihre Instinkte. Vielleicht war's einfach eine im Unterbewußtsein geborene Geste der Dankbarkeit. Weil Ändi in der Nacht zuvor den Russen erwischt hatte, bevor er ...

»Los jetzt, zack-zack!« machte Manni Dampf.

»Ja, ja«, sagte Marie gelassen, stieg auf ihren Stammplatz und biß in das Brötchen.

»Leberwurst magst du gern?« fragte Ändi.

»Am allerallerliebsten«, antwortete Marie mit bräunlich verschmiertem Mäulchen.

Als sie die Haustür öffneten, stand ein älterer Herr davor, den rechten Zeigefinger auf der Schelle von M + M + M Thielen-Sandini.

»Gerade wollte ich Sie besuchen, Herr Thielen«,

»Morgen, Herr Schumacher«, sagte Manni, dem die Situation etwas am Gleichgewichtsgefühl sägte.

Der Oberkommissar senkte den Blick eine Etage tiefer zu Marie hinab.

»Ihre Tochter?« fragte er freundlich. Und Manni nickte.

»Marie heiße ich«, sagte die Kleine charmant. Mit Opas konnte sie es immer schon gut.

»Tag, Marie«, sagte der Oberkommissar und streckte ihr die Hand entgegen. Das war zwar nicht so ganz Maries Stil, aber sie machte durchaus Ausnahmen. Brav schüttelte sie seine Hand.

»Sie sind der Schumi«, fragte sie unverblümt, »von dem Papa manchmal erzählt?«

»Ja«, warf Manni hastig ein, »das ist Herr Oberkommissar Schumacher.«

Der plötzliche Farbwechsel seiner Gesichtshaut wäre gar nicht nötig gewesen, denn der Kommissar lächelte milde und amüsiert.

»Du kannst mich ruhig Schumi nennen«, sagte er. »Aber nur, wenn ich dich Marie nennen darf.«

»Darfst du«, erlaubte ihm die Kleine gönnerhaft.

Manni sah ihn an. »Der Zeitpunkt ist nicht ganz glücklich«, sagte er, »Marie muß in zehn Minuten an der Inneren Kanalstraße im Kindergarten sein.«

»Was dagegen, wenn ich euch begeite?« fragte der Kommissar, und sein Blick überließ Marie die Entscheidung.

Die Kleine schüttelte nach kurzer Bedenkzeit den Kopf und sagte: »Nee.«

»Das ist übrigens Andrzej«, stellte Manni seinen Freund vor.

Sie nickten sich zu. Und Ändi umfaßte Maries Hand.

»Komm«, sagte er.

XI

Ändi ging mit Marie voran, Schumi und Manni folgten in acht Metern Abstand.

»Haben Sie eine Spur«, fragte Manni vorsichtig, »was Charly anbelangt?«

Der Kommissar schwieg vorerst und sah Manni von der Seite an. »Sagt ihnen die Bezeichnung Red Mercury etwas?« fragte er dann mit eindringlicher Stimme.

»Freddie Mercury kenne ich«, gab Manni nach kurzer Überlegung zum Besten, »ich meine, ich kannte ihn, das heißt, natürlich nicht persönlich, nur die Musik, aus dem Müngersdorfer Stadion. Die Südkurve hat's immer gebrüllt, wenn der FC mal ausnahmsweise gewonnen hatte.« Und nahtlos begann er zu singen: »We are the Champ ... «

Weiter kam er nicht. »Hören Sie auf, Herr Thielen!« mahnte der Kommissar streng. Mannis Eigenart, immer in den unpassensten Momenten offensichtlich dem festen Glauben zu erliegen, saublöd drauflosfaseln zu müssen, war ihm zur Genüge bekannt. »Die Sache ist verdammt wichtig.«

»Ich höre.« Brav Manni.

»Red Mercury ist der Branchenname für rotes Quecksilber«, holte der Kommissar aus und wurde prompt wieder von Manni unterbrochen.

»In meinem Fieberthermometer war silbernes drin«, plapperte er los, »ist mir mal über die Finger geperlt, als das Glasröhrchen über der Kerze geplatzt ist. Hatte an dem Morgen keinen Bock auf Schule. Naja, hat nicht ... «

»Schluß jetzt, Sie Schwatzbacke!« Das war ernst gemeint. Der Kommissar senkte die Stimme. »Rotes Quecksilber ist eine hochradioaktive Substanz, um einiges konzentrierter als Cäsium. Falls Ihnen das etwas sagt. Red Mercury wird in der Atomindustrie eingesetzt und zu unglaublich hohen Preisen gehandelt.«

Sie überquerten den tiefergelegten Ebertplatz, folgten Ändi und Marie, die bereits auf der Rolltreppe zur Neusser Straße hochfuhren.

»Warum erzählen Sie mir das?« wollte Manni wissen.

»Weil Karl Schröder damit gehandelt hat«, sagte der Kommissar.

Manni starrte ihn schockgefroren an. »Ist nicht wahr ... «

»Ob es zu Abschlüssen gekommen ist«, fuhr Schumacher fort, »wissen wir nicht. Aber er hat es der Firma EURO-ATOM angeboten. Vier Gramm. Und der Geschäftsführer hat das BKA informiert.«

»Wegen vier Gramm?« sagte Manni kopfschüttelnd. »Typisch. Die Jungs haben halt nichts besseres zu tun; die Linken gibt's so gut wie nicht mehr, und an die Rechten läßt man sie bis zur nächsten Bundestagswahl nicht ran, oder bis zur übernächsten ... Und die gewinnen die dann mit ... «

»Vier Gramm Red Mercury entsprechen ungefähr dem jährlichen Weltbedarf«, unterbrach Schumacher die braunen Visionen seines Gesprächspartners.

Und Manni glotzte nun tatsächlich blöde aus dem hochgeschlagenen Kragen seiner schwarzen Lederjacke hervor.

»Und was kostet so was?« stammelte er.

»Verhandlungssache. Ab eine Million Dollar aufwärts.«

Manni wackelten die Knie. »Eine Mio für vier Gramm?!«

»Für ein Gramm«, stellte der Kommissar richtig.

Sie stiegen von der Rolltreppe, und Manni war froh, wieder fest gepflasterten Untergrund unter den Stiefeln zu spüren. »Und warum erzählen Sie mir das?« wiederholte er seine Frage von vorhin, diesmal mit vibrierenden Stimmbändern.

»Weil wir alles abgesucht haben, wo Ihr Freund nach unseren Vermutungen das Zeug versteckt haben könnte«, sagte Schumacher, »und ich von Ihnen wissen muß, ob Sie irgendeine Idee haben, wo Charly es vor seinem Tod deponiert hat.«

»Vier Gramm?« sagte Manni nachdenklich. »Die könnten doch unter jedem Gullideckel kleben.«

»Nicht ganz«, widersprach der Kommissar. »Rotes Quecksilber wird in verschweißten Hochdruckbehältern transportiert. Die Metallkästen sind etwa vierzig mal vierzig Zentimeter groß und einen guten Zentner schwer.«

Manni nickte langsam. So was hatte er in der Bingo-Koje nicht entdeckt. Aber die war ja auch bis obenhin voll gepackt. Klar, unter den Knarren könnte natürlich so ein fünfmillionendollarschwerer Blechkasten liegen.

»Nein, Herr Kommissar«, sagte er, »tut mir echt leid, hab ich überhaupt keine Idee, ehrlich nicht.«

Schumacher sah ihn nachdenklich an. »Dann schlafen Sie bitte mal drüber, und falls Ihnen doch etwas einfallen sollte, rufen Sie mich bitte sofort an!«

Da war umfassende Sorge im Spiel, ganz klar.

»Was passiert, wenn das Zeug freigesetzt wird?« wollte Manni wissen.

Der Kommissar zuckte mit den Schultern. »Das ist zum Glück noch niemals geschehen«, sagte er leise. »Das mögliche Ausmaß der Verseuchung wagt niemand zu prognostizieren.«

Ändi und Marie waren kurz vor einem Schreibwarengeschäft stehengeblieben. Jetzt gingen sie weiter. Nur noch etwa sechs Meter vor ihnen.

Manni setzte seine Schritte jeweils genau in die Mitte der Betonplatten des Bürgersteigs, über den sie sich der Agneskirche näherten. Red Mercury ... Was sollte er mit dem Scheiß? Selbst der Doc würde ihm mit Sicherheit dieses Zeug nicht abnehmen. Falls es überhaupt in der Grube lag. Vielleicht hatte Charly ja auch nur mal vorgefühlt bei der EURO-ATOM, weil man ihm Red Mercury aus Rußland angeboten hatte ... »Also«, sagte er endlich, und das meinte er ernst, »wenn mir einfällt, wo Charly so eine Kiste versteckt haben könnte, rufe ich Sie an.«

»Danke, Manni«, sagte der Kommissar, ein wenig erleichtert. Er hatte *Manni* gesagt. Seit über zehn Jahren zankten sie sich schon miteinander herum. Und jetzt nannte er ihn auf einmal *Manni*. Harte Männer neigen im Alter ja häufig zu Rührseligkeit. Putzig, dieser Schumi.

»Großes Ehrenstraßenehrenwort«, sagte Manni grinsend.

Sie blieben stehen, schauten sich in die Augen. In Rußland hätte der betagte Kommissar ihm jetzt einen Knutscher gegeben. Auf der belebten Neusser Straße war das hier schon hart an der Grenze zum Kitsch.

»Da fällt mir was ein«, beendete Manni die filmreife Szene, »ich brauche ganz diskret den Halter von einem Pkw.«

Der Kommissar holte ein Funktelefon aus der Tasche.

»Kompliment«, staunte Manni, »ich dachte, die Dinger wären bei euch erst im Etat von 2016 vorgesehen.«

»Ist mein Privateigentum«, grinste Schumacher. »Kommen Sie mit dem Kfz-Zeichen.«

»K-KL ... und die Nummer war ... Moment.« Er faßte sich in die Tasche, wühlte nach dem Zettel, auf dem er sich die von Ändi gemerkte Nummer notiert hatte. Ein überdrehter Motor heulte auf. Manni sah ein bulliges Motorrad von der Ampel Ecke Weissenburgstraße weg mit qualmendem Hintereifen per Kavalierstart beschleunigen. Und dann registrierte sein rechter Augenwinkel, wie der polnische Einzelkämpfer Marie blitzartig mit sich auf den Bürgersteig riß und den kleinen Körper zur Straße hin mit seinem Rücken abdeckte. Und er sah das in schnellem Stakkato vom Beifahrersitz des Motorrads aufblitzende Mündungsfeuer einer Maschinenpistole. Er hörte die Schüsse und warf sich auf den Beton, hörte Schaufensterscheiben klirren und panisches Geschrei von überall. Und dann war das Motorrad um die Ecke in den Hansaring davongebraust.

Eine gespenstische Stille legte sich über die Welt, als wäre sie für Momente in einem stummen Standbild erstarrt.

Ändi stand auf und zog die gut gelaunte Marie, in deren Wahrnehmung dies offensichtlich wieder so ein Scherz gewesen war, hinter dem bestimmt ihr Papa steckte, auf die Füße hoch. Manni stand auch auf. Und Kommissar Schumacher stand immer noch. In der einen Hand das Funktelefon, die andere eingabebereit über der Tastatur. Sein Blick war abgrundtief traurig. Von einer schrecklichen Ahnung befallen umfaßte Manni die Schultern des auf einen Schlag steinalt gewordenen Mannes und starrte ihn an.

»Was ist, Herr Schumacher!? Mein Gott ...«

Der Kommissar hob unendlich langsam die Hände, fuhr damit nach einem Halt suchend durch die Luft, wie ein elegischer Dirigent. Seine Augen drängten aus seinem Kopf. Das Funktelefon klatschte auf den Bürgersteig, das Gehäuse zersplitterte. Manni ergriff die Hände des Kommissars und legte sie sich auf die Schultern.

»Papa?«

Manni schaute zu ihr. Und Ändi schaute zu Manni, und er wußte, was da ein paar Meter von ihm und dem Kind entfernt geschehen war. Und was gleich sein Ende haben würde. Er hob Marie auf seine Schultern und trabte mit ihr im Dauerlauf in Richtung Kindergarten davon.

»Mensch, Schumi«, flüsterte Manni, »mach bloß keinen Quatsch ... !«

Leute waren stehengeblieben. Aus ganz weiter Ferne nahten Martinshörner.

Das linke Bein des Kommissars verlor seine statische Funktion. Schumacher schob den Arm um Mannis Nacken und sackte zur Seite weg. Manni zog ihn zur Hauswand, ließ den schweren Körper hinabgleiten und lehnte ihn mit dem Rücken an das Gitter vor einem Souterrainfenster.

»Einen Notarzt! Der Mann braucht Hilfe!« schrie er der gaffenden Menge entgegen. »Seht ihr das denn nicht, verdammt noch mal?!«

»Der Notarzt ist informiert«, drang eine seriös klingende Männerstimme aus der dritten Reihe.

Manni sah Schumacher an. Die Hand des Kommissars hob sich ein wenig, und Manni ergriff sie, bettete sie in seine feuchten Handflächen.

»Haben Sie gehört, Herr Kommissar?« sagte er mit rauher Stimme, »der Notarzt kommt gleich. Alles wird wieder gut ... «

Schumacher hob mühsam den Blick und sagte leise: »Nichts wird wieder gut ... alles wird ... noch viel schlimmer ... «

Manni drückte Schumachers Hand an seine Brust und sagte: »Nein!«

»Doch ... «, stöhnte der Kommissar.

»Pack deine Sachen, Manni ... du bist ein guter Junge ... das weiß ich ... tu dir das nicht an ... und deiner Frau ... und deiner ... süßen ... Tochter ... «

Seine Augenlider flatterten, er kämpfte gegen die Ohnmacht an, schaffte es unter großer Anstrengung, eine Hand in seine Westentasche zu führen und eine schwarze Geldscheinkladde daraus hervorzuziehen. In Zeitlupe steckte er sie in die Seitentasche von Mannis Lederjacke.

»Das habe ich eben ... von der Bank geholt ... für dich ... « keuchte Schumacher mit versickernder Stimme, »... nimm es ... und verschwinde ... aus Köln ... «

Manni konnte ihn kaum noch verstehen, so leise krochen die Worte aus dem Mund des Kommissars. Er schob sein Ohr ganz nah an die Lippen des sterbenden Mannes heran und hörte ihm mit bebenden Gliedern zu.

»Du hängst drin ... « flüsterte der Kommissar leise und von trockenem Hüsteln unterbrochen, »... ich weiß es ... die Zeiten sind ... anders geworden ... und ... es wird dich ... deinen Kopf kosten ... Bitte ... hau ab ... bitt ... ehhh.«

Sein Kopf kippte zur Seite, in Mannis Oberarm, der seinen Nacken stützte. Seine Lippen öffneten sich einen schmalen Spalt und ein Blutrinnsal quoll aus seinem linken Mundwinkel, an seinem Kinn vorbei, über Mannis Jackenärmel, bildete in einer Lederfalte einen kleinen Stausee und tropfte von dort auf die Betonplatten des Bürgersteigs.

Mit Daumen und Mittelfinger seiner rechten Hand schloß Manni die Augen des Kommissars.

Ein junger Mann mit schwarzer Tasche legte Manni, der sein Gesicht in Schumachers Kinnbeuge vergraben hatte, behutsam die Hand auf die Schulter.

»Ich bin Arzt«, sagte er leise. Manni hob langsam den Kopf und sah den Mann an. Er sagte nichts. Er löste sich von Schumacher, ohne noch mal in dessen aschfahles Gesicht zu schauen. Er erhob sich und wankte der Menge entgegen, die sich wie ein Reißverschluß vor ihm teilte. Als wäre er ein Aussätziger. Ein paar ihrer Blicke nahm er auf. Leere Blicke, hilflose Blicke, tränende Augen. Es war wie im Film. Das war keine Wirklichkeit mehr. Das *war* ein Film. Irgendein schäbiger Hardcore-Actionmovie der Kategorie C. Von einem menschenverachtenden Drehbuchautor entworfen, von einem viertklassigen Regisseur zynisch inszeniert. Und er, Manfred, von seinen zwölf leidenschaftlichen Fans liebevoll Manni genannt, er, Manfred Thielen-Sandini, durfte darin eine Nebenrolle spielen. Er, oder jemand, der genauso aussah wie er. Jemand, der hier auf der Neusser Straße stand und dessen Blick auf der riesengroßen 3-D-Leinwand, die sein Hirn umspannte, aus weiter Entfernung wahrnahm, wie drei Streifenwagen und ein Rettungsfahrzeug mit quietschenden Reifen am Bordstein stoppten, wie Polizisten die Straße sperrten, wie Träger eine Bahre aus dem eierschalenfarbenen Kleinbus mit dem roten Kreuz auf der Seite rollten.

Und eine Stimme wurde laut und lauter. Eine Stimme, die sich kreischend ihren Weg durch das Dröhnen der riesigen Lautsprecher bohrte, die man links und rechts neben seiner Schaltzentrale aufgebaut hatte. Die Stimme eines kleinen Mädchens, das in höchster Not »Papa, Papa . . . « rief.

Manni raste los. Geradeaus. Vorbei an wüst schimpfenden Fußgängern, die vor ihm wegsprangen oder von ihm umgerannt wurden. Ändi war einer von diesen Ostblock-Killern! Und er, Manni, der hirnverschmorte Idiot, hatte diesem Tier vertraut, und ihm, einem wildfremden Menschen, sein Ein und Alles in den Arm gedrückt! Reifen quietschten, eine verchromte Stoßstange schoß bis auf zwei Zentimeter an sein linkes Knie heran. An der Agneskirche vorbei, über einen Blumenkübel, geradeaus, an Mühlens Schuhladen vorbei und Ende. Aus. Kolbenfresser. Nichts ging mehr. Die Füße zappelten im Leerlauf durch kalte Luft, die Arme ruderten in der Zwangsjacke.

»Du dreckiges Schein!« brüllte Manni und trat und versuchte, um sich zu schlagen. Doch Ändi, der ihn auf sich zurasen gesehen hatte, ließ ihn nicht los, umklammerte seine Oberarme, hielt den tobenden Körper in zwanzig Zentimetern Erdentfernung in die Höhe.

»Beruhige dich, Manni«, sagte er mit leiser Stimme.

»Gib Marie raus!« schrie Manni. »Gib sie mir zurück!«

Er bekam eine Hand frei und schlug Ändi eine Gerade voll auf die Nase. Sogleich floß Blut. »Beruhige dich, Manni«, sagte Ändi mit etwas lauterer Stimme.

»Wo ist Marie? Du Teufel!« Diesmal ein Aufwärtshaken, genau an die Kinnspitze. »Du Sau!« brüllte Manni von Sinnen.

Da machte es einmal kurz Bumm. Stromausfall total. Mannis Hauptsicherung hatte ihren Geist aufgegeben. Ändi hatte sie durchknallen lassen. Ohne Kurzschluß.

XII

Verzaubernder Duft balsamierte seine Nasenhöhlen, musikalisch begabte Vögelchen bauten lieblich zwitschernd ihre Nester in seinen Gehörgängen.

Aber Beine hatte er nicht mehr, von den Knien abwärts. Die Arme, von harten Kanten unter den Achseln auf bestialische Art oder Weise fixiert, baumelten leblos über einem ungekannten Abgrund. Zeitgleich wurden seine letzten Wirbel vor dem Genick im OP von Professor Dr. Jekyll ohne Narkose punktiert. Und sein Kinn war fulltime damit beschäftig, sich in seinem Brustbein einzubuddeln.

Manni öffnete die Augen und fand sich in der Prärie seiner Brustbehaarung wieder. Mühsam hob er den Kopf, und er sah rote Rosen, und zwischen seinen Knien eine hellblau lackierte Deichsel mit zwei schwarzen Hartgummigriffen in den Himmel ragen.

Völlig verknautscht saß er im Bollerwagen, einer freundlichen Leihgabe von Maries Erzieherinnen. Das Gefährt stand in dem berühmt unzüchtigen Rosengarten oberhalb des Fort X. Ein beliebter Treffpunkt neugieriger Teenager. Auch Manni hatte hier schon mal vor vielen Jahren Samen lassen müssen. Nach einer Party im Jugendheim der katholischen St. Agnes-Pfarrei, direkt neben dem Kindergarten. Vorne auf seine ausgewaschene Jeans. Kreisrund und dunkel, klebrig und eindeutig.

Zum Glück war das Hemd, das er damals anhatte, lang genug gewesen, um mit normaler Hautfarbe die Busfahrt zurück nach Ehrenfeld antreten zu können.

Das Mädchen hatte er nie mehr wiedergesehen. Schade eigentlich.

Und dann sah er Ändi. Und alles war wieder da. Oder wieder weg. Der Duft, die Vögel, das katholische Mädchen mit den gebenedeiten Händen, die ihm das sechste Gebot erklärt hatten, sein hochroter Ballon an der Bushaltestelle, bevor ihm die rettende Idee gekommen war, das Hemd aus der Hose und vorne so lang zu ziehen, bis es im Gewebe geknarzt hatte.

Da war nur noch das Jetzt. Das tote Köln. Kein Charly, kein Schumi mehr.

Schweigend umfaßte Ändi seinen Oberkörper, befreite ihn mit leichtgängiger Hydraulik aus seiner quälenden Verladeposition und stellte ihn auf den Rasen vor den Rosen. Ändi legte die Hand um seine Taille, führte ihn Schritt für Schritt zu der alten Backsteinmauer und bog seinen Blick in den Innenhof des Forts hinab.

Kinder spielten im Sand, turnten auf den Klettergerüsten, die drei Erzieherinnen saßen auf einer Bank und schwatzen. Eine rauchte sogar. Ein kleiner Papagei stand oben auf der Rutsche, rief »Jippieh!«, schmiß sich bäuchlichs in die blankgewienerte Rinne und beendete das Kürprogramm mit einer ausgehebelten Rolle vorwärts in den Sand.

»Marie ... « flüsterte Manni, »meine Kleine ... « Er drehte sich zu Ändi, schaute in den Ozean und sagte: »Entschuldigung.«

»Pack deine Sachen, Schätzchen«, sagte Manni und hob sein Gesicht aus ihren wunderbar riechenden dunklen Haaren.

Marlena sah ihn erstaunt an. »Du bist verrückt.«

»Laß uns ein paar Monate in den Abruzzen verbringen«, sagte Manni in bemüht leichtfertiger Tonlage. »Das hatten wir doch immer schon mal vorgehabt.«

»Und warum sollten wir es ausgerechnet jetzt tun?« Marlena zog die Augenbrauen zusammen.

»Weil ... « sagte Manni und stockte kurz, bis ihm etwas eingefallen war. »Weil Marie im nächsten Jahr in die Schule kommt, und wir es dann nicht mehr machen können.«

»Und was wird aus meinem Job?« sagte Marlena. »In Italien brauchen wir doch auch Geld! Nee, Manni ... «

»Ich hab ein paar Mark«, versuchte er sie zu beruhigen, »für die Hinfahrt und ein paar Kartons Pasta vor Ort reicht's dicke.«

»Von wem hast du denn Geld bekommen?«

»Ich habe ... « Manni biß sich auf die Unterlippe, sein Hirn arbeitete. Ist zwar nicht besonders originell, aber es wird gehen. »... ich habe gezockt.«

Marlena sah ihn an. Er wich ihrem Blick aus, tat so, als wäre ihm daran gelegen, die Ecke des betonmäßig gestärkten Kopfkissenbezugs gerade zu biegen.

»Was ist los mit dir?« fragte Marlena vorsichtig.

»Was soll schon mit mir los sein?«

Mist, das war jetzt ein bißchen zu schnell gekommen, fast aggressiv dürfte es geklungen haben.

»Es ist ...« versuchte er sich zu retten, »weil, weil du hier im Krankenhaus liegst ...«

»Hast du Probleme mit der Kleinen?«

»Mit der Kleinen?« Manni lächelte. »Nein, überhaupt nicht.«

»Aber?«

»Ich ... vermisse dich halt ...«

»Manni Thielen, mir kommen die Tränen!«

»Du glaubst mir nicht? Daß ich dich liebe? Klar, da reißt man sich den Arsch auf ...«

»Manni!« Das war jetzt fast eine Drohung. Und er hielt auch schon die Klappe.

Sie schauten sich an. Ihre Lippen öffneten sich, und sie küßten sich.

Als sie damit fertig waren, ging's Manni erheblich besser.

»Heute abend fahren wir los«, sagte er, »der Zug geht um ...«

»Stop!« sagte Marlena. »Ich werde frühestens in drei Tagen entlassen. Eine Bauchhöhlenschwangerschaft abzubrechen ist ein chirurgischer Eingriff.«

Manni sah sie an und streichelte ihre Hand. »Hast du große Probleme damit?«

»Womit?«

»Damit, daß dieses Kind nicht kommen konnte.« Marlena schüttelte den Kopf.

»Für mich war das noch kein Kind«, sagte sie. »Es hätte auch überhaupt nicht in mein Konzept gepaßt.«

»Ehrlich?«

»Ganz ehrlich.«

Manni drückte ganz fest ihre Hand und nickte versonnen.

»Okay«, sagte er nach kurzer Überlegung, »dann holen Marie und ich dich in drei Tagen hier mit dem Taxi ab, und es geht gleich weiter zum Hbf.«

Marlena sah ihn an.

»Was hast du?«

»Nichts.«

Marlena griff neben sich in die Ritze zwischen Bett und Wand und zog einen Express daraus hervor. Sie hielt Manni die letzte Seite unter die Nase. *Autobombe zerfetzt ...*

»Komm«, flüsterte Marlena. Und Manni ließ seinen Kopf in ihre Arme sinken. Marlena drückt ihn an sich und massierte sanft seinen Nacken.

»Es tut mir sehr leid«, sagte sie mit leiser Stimme.

Und dann fügte sie die Frage an, die ihr, seit die Schwester den Express auf ihren Nachttisch gelegt hatte, wie ein rasierklingenscharfer Propeller im Kopf gekreist war:

»Hast du etwas damit zu tun?«

»Nicht direkt«, erklärte Manni ihrer rechten Brust.

»Aber doch so viel, daß du mit uns untertauchen willst.«

»Ja«, sagte Manni, »das heißt eigentlich, nein ... «

»Ja heißt niemals nein, auch nicht eigentlich.« Schön, eine schlaue Frau zu haben.

Manni richtete sich auf und nahm ihre Hände in die seinen.

»Hör zu, mein Schatz«, begann er mit fester Stimme, »ich sage jetzt ganz ehrlich, wie es ist: Ich glaube, es wäre besser für uns, eine Zeitlang aus Köln zu verschwinden. Basta.«

Marlena nickte. Sie kannte ihren Manni. Er konnte ihr nichts vormachen. Und sie wußte, daß es besser wäre, wenn sie so bald wie möglich zu ihren Eltern in die Abruzzen aufbrechen würden.

»Ist gut«, sagte sie. »Ich werde mit dem Arzt sprechen. Vielleicht läßt er mich ja schon übermorgen reisen.« Manni umrahmte ihr Gesicht mit seinen Händen und gab ihr einen Kuß auf die Nasenspitze.

»Danke.«

»Schon gut«, sagte Marlena, »ich habe verstanden.«

Manni stand auf.

»Manni?«

Er sah sie an.

»Denk bitte immer daran«, sagte Marlena, »du bist der Vater einer Tochter, die dich noch mindestens zwanzig Jahre lang braucht.« Manni nickte. Er ging ein paar Schritte, drehte sich noch mal um. Marlena schob ihre roten Lippen ein wenig vor. Manni ging zurück zum Bett und ließ sich den Trafo noch mal kräftig von ihrer weichen Zunge aufladen.

Ändi hielt eine der drei Reisetaschen, die Manni bei Woolworth im Set für neunundzwanzig Mark und neunundneunzig Pfennige günstigst erstanden hatte, vor Maries Kleiderschrank, und Manni stopfte die Klamotten der Kleinen hinein. Bis auf zwei Hosen, zwei Sweatshirts und einige Garnituren Unterwäsche. Diese Sachen kamen in die zweite Tasche, in der er schon seine eigenen Klamotten verstaut hatte. Seine schwarze 501, seine zusammengeflickte 501, die er schon anhatte, als er einst neben einem toten Rauschgifthändler irgendwo drüben auf der anderen Rheinseite aufgewacht war, seine Levi's Jacke, seine Turnschuhe, ein paar Sweat- und ein paar T-Shirts, ingesamt neun Socken, in sechs verschiedenen Farben, die Sofortbildkamera mit zwei noch eingeschweißten Filmkassetten und natürlich seine Survival-Grundausstattung, bestehend aus seiner knappen Tigerbadehose, einer Taschenlampe, dem Schweizer Offiziersmesser mit den sechsundfünfzig Funktionen und einer Rolle Angelschnur mit Haken und Schwimmer.

Eine exklusive Auswahl der Spielsachen, von denen er wußte, daß sie im Moment bei seiner Tochter angesagt waren, und ihre Lieblingsbücher verteilte er gerecht in beide Taschen. Ändi zog die Reißverschlüsse zu und legte eine Schmusedecke mit Minnie-Mäuschen auf Maries Tasche.

Das Mondlicht gegen die Gespenster aus der Steckdose verschwand im Innern von Mannis Jacke. Marlenas liebste Kleidung und Mannis liebste Wäsche an ihr, standen schon in der dritten Tasche verpackt auf dem Flur.

»So«, sagte Manni, »dann können wir.«

Er klemmte sich Maries zusammengerollten Naturwoll-Schlafsack unter den Arm und umfaßte die Griffe seiner Tasche. Ändi schnappte sich die beiden anderen.

Manni schaute ins Wohnzimmer. Auf dem Tisch lag noch der Schulterhalfter des Russen. Manni setzte die Tasche ab, zog seine Jacke aus und den Halfter an.

»Du weißt, das ist nicht ungefährlich«, gab Ändi zu bedenken.

»Was ist schon ungefährlich, heutzutage?« sagte Manni.

Charly war tot, Schumi war tot. Marie und Marlena durfte nichts passieren. Dafür hatte er zu sorgen, basta. Kurz vor dem Brenner würde er die Pistole, die er von Maries Schrank herunternahm und in den Halfter gleiten ließ, aus dem fahrenden Zug werfen.

»Vielleicht hast du recht«, sagte Ändi. »Ich wollte ja eigentlich auch nur sagen, daß man leicht unvorsichtig wird, wenn man glaubt, mit einer Waffe könne einem nicht viel passieren, deshalb.«

Manni sah ihn an. »Ich werd dran denken, wenn's soweit sein sollte«, sagte er langsam, und nicht im Spaß. Was Ändi gesagt hatte, kam ihm irgendwie plausibel vor.

»Ach ja!« sagte er plötzlich. »Momentchen noch.« Er eilte ins Bad, holte die Rolle Leukoplast aus dem Arzneischränkchen und steckte sie in seine Jackentasche.

Es klingelte. Manni schreckte zusammen. Ändi stand im Türrahmen und zuckte unbeeindruckt mit den Schultern. »Würde ein Killer schellen?«

»Keine Ahnung«, gab Manni zum Besten, »ich war nur bei den Pfadfindern, und nicht bei den Brüdern vom KGB.«

Er ging ins Kinderzimmer, zog den Vorhang vom Fenster, öffnete es und spähte hinaus.

»Die beiden Jungbullen von vorgestern nacht«, sagte er nachdenklich.

Ding-Dong, Ding-Dong.

»Wenn du sie nicht reinläßt«, gab Ändi mit fatalistischem Unterton zu bedenken, »werden sie das Haus beobachten lassen. Und dann können wir unser Programm vergessen, das wir durchziehen wollten, bis Marie abgeholt wird. Außerdem würdest du dich verdächtig machen, und wir hätten die Kripo wohlmöglich ab jetzt ständig an den Fersen kleben.«

»Stimmt«, sagte Manni entschieden und betätigte den Türöffner. »Was können die außerdem schon groß von mir wollen? Ich mache ja schließlich genau das, was ihr ehemaliger Chef mir ans Herz gelegt hat.«

Ändi nickte zu dem freibaumelnden Halfter unter Mannis linker Achsel hin.

»Willst du die Herren so empfangen?«

»Scheiße!« Manni hob die Lederjacke von der Klinke der Wohnzimmertür, schob die Arme hinein und zog den Reißverschluß hoch. Er pumpte zweimal mit den Ellenbogen und stellte zufrieden fest, daß das Ding ihn in seiner Bewegungsfreiheit überhaupt nicht einschränkte. Und die Jacke beulte es auch nicht aus, an der entsprechenden Stelle.

Er umfaßte den Knauf der Wohnungstür und drehte ihn.

»Kommen Sie herein, meine Herren«, begrüßte er die beiden Kripo-Leute. Dietz trug heute Wildleder. Köhler, diesmal im karierten Wollsakko, checkte die Situation auf einen Blick.

»Sie wollen verreisen?«

»Ja«, sagte Manni, »die Sache heute morgen hat mir reichlich zu denken gegeben.«

Die Kripo-Männer nickten verständnisvoll. Und Köhler schien wirklich um seinen toten Chef zu trauern. Seine Augenlider klappten ein paar mal auf und nieder, und er schniefte.

Derweil fixierten Dietz' Augen Ändi. Und Ändi machte artig einen Bückling. »Andrzej Silbermann.«

»Ich wußte gar nicht«, sagte Manni zu Köhler, »daß Kommissar Schumacher so brutale Feinde hatte.«

Köhlers Blick bohrte ihn an. »Wir auch nicht.«

»Sie wollen doch nicht etwa behaupten«, sagte Manni, »der Anschlag hätte mir gegolten?«

»Wir behaupten gar nichts«, zitierte Dietz vorbildlich das Lehrbuch, »uns interessieren lediglich die Fakten.«

»Haben Sie die Typen gefaßt?«

»Noch nicht«, bedauerte Dietz. »Aber das Motorrad haben wir gefunden, am Mediapark.«

»Und?«

»Es wurde in der Nacht von Sonntag auf Montag in Frechen gestohlen«, antwortet Dietz.

»Scheiße.«

Schweigen.

Dann fragte Köhler: »Warum sind Sie nicht am Tatort geblieben, bis wir eingetroffen waren?«

»Meine Frau liegt zur Zeit im Krankenhaus«, sagte Manni, »und ich mußte das Kind in den Kindergarten bringen.«

»Oh ... « machte Dietz. »Ihr Töchterchen war ... ?«

»Ja«, bestätigte Manni.

»Verstehe.« Köhler nickte bedächtig mit dem Kopf.

»Außerdem waren doch genug Tatzeugen vor Ort«, setzte Manni noch einen kleinen drauf.

Wieder nickte Köhler. »Deshalb sind wir auch nicht zu Ihnen gekommen.«

»Weshalb dann?«

Köhler sah Ändi an. Und Herr Silbermann hatte verstanden. Er verschwand in der Küche am Ende des Flurs und schloß die Tür hinter sich. Ob er noch ein letztes Mal in das italienische Kochbuch schauen wollte? Hecht in Salbeibutter? Ach nee, das war französisch, von Pierre Renault aus Espace ...

»Worüber haben Sie gesprochen?« fragte Dietz.

»Der Kommissar und ich?«

Die beiden Kripoleute nickten synchron.

War das eine Fangfrage? Wenn er jetzt antworten würde: ›Über das letzte Pferderennen in Weidenpesch‹, die beiden Jungprofis aber gestern nachmittag die Red-Mercury-Story schon mit ihrem ehemaligen Vorgesetzten durchgekaut hatten, dann hätten sie ihn an den Hammelbeinen. Es blieb ihm nichts anderes übrig, als die Wahrheit zu sagen. War ja auch eigentlich überhaupt nichts gegen einzuwenden. Es war eher eine prinzipielle Angelegenheit. Er hatte der Polizei noch nie die Wahrheit gesagt. Das gehörte sich einfach nicht.

Aber mit zunehmendem Alter pflegte man ja zuweilen das Korsett seiner Prinzipien ein wenig zu lockern, und die Fünf ruhig auch mal eine durch zwei teilbare Zahl sein zu lassen.

»Über Red Mercury«, sagte Manni. Die beiden Kripo-Leute tauschten Blicke, die besagten, daß er mit seiner vermessenen Algebra goldrichtig gelegen hatte.

»Ich habe Herrn Schumacher versprochen«, schob er gleich noch hinterher, »daß ich mich sofort melde, falls mir eine Idee kommt, wo Charly das Teufelszeug versteckt haben könnte.«

Köhler & Dietz schienen schon fast befriedigt.

»Sie wissen es also nicht ...« resümierte Dietz trübselig.

»Nein.« Manni schüttelte den Kopf. »Und der Kommissar hat mir sechzehnhundert Mark aus seinem Privatvermögen hinterlassen, damit ich mit meiner Familie für eine gewisse Zeit aus Köln verschwinden kann.«

Köhler sah ihn scharf an. War das jetzt blöd gewesen?

Dietz nickte langsam. »Zeugen haben ausgesagt, er hätte ihnen eine Scheinkladde zugesteckt ...«

Manni holte das Ledermäppchen aus seiner Jacke, zeigte es kurz und steckte es wieder weg.

»Woher kannten mich die Zeugen?«

»Der Arzt hat Sie sehr detailliert beschrieben«, sagte Köhler, »und da wir wußten, daß der Chef Sie heute morgen ...«

Manni winkte ab.

»Schon klar«, sagte er, »hab ich verstanden.«

Köhler sah ihn noch immer so scharf an, und er sagte: »Der Chef trug eigentlich nie mehr als fünfzig Mark Bargeld mit sich herum.«

»Kann gut sein«, sagte Manni, »er sagte mir ja auch, er hätte es extra für mich von der Bank geholt.«

»Seltsam«, sagte Köhler.

Manni, aber auch Kollege Dietz, schauten ihn fragend an.

»Wieso?« wollte Manni wissen. Dietz natürlich auch, aber er war ein knallharter Profi, der's noch weit bringen wollte im Beamtendschungel; er durfte sich keine Blöße geben, indem er eine Verständnisfrage stellte.

»Das würde doch bedeuten, der Chef vermutete schon vor dem Attentat, daß Sie in Gefahr sind, Herr Thielen«, folgerte der offensichtlich etwas stärker belichtete Köhler mit ruhiger Stimme.

Manni kam ein wenig ins Schwitzen. Alarmlämpchen blinkten auf. Daß ihm jetzt bloß kein Fehler unterlief!

»Kann ich nichts zu sagen«, sagte er abwartend, »wenn Herr Schumacher nicht mit Ihnen darüber gesprochen hat, zu mir hat er auf jeden Fall nichts in der Richtung gesagt.«

»Und Sie haben Ihn nicht gefragt?«

»Nein«, sagte Manni zögernd. »Wahrscheinlich meinte er wegen der Sache mit Charly. Da bin ich jedenfalls mal von ausgegangen.«

»Etwas konkreter, bitte.«

»Mein Gott!« Mannis Hände fuchtelten imposant in der Luft herum. »Weil Herr Schumacher vielleicht dachte, die Gegenseite vermute genau wie er selbst, daß mein alter Kumpel mir was erzählt hätte!«

»Welche Gegenseite?« Scheinheilig, scheinheilig ...

»Kennen Sie die Gegenseite?« sprang Dietz noch schnell auf den schon fast ohne ihn abgefahrenen Zug.

»Nee, natürlich nicht!« Manni mußte sein aufwallendes Blut in den Adern ausbremsen. Die Sache lief irgendwie in die falsche Richtung.

»Sie wissen doch«, sagte der Manni im Schafspelz, »ich bin runter von der Straße, seit mehr als sechs Jahren.«

»Eben.« Furztrocken.

Schweigen. Glotzen. Und zwar nicht auf den Hosenstall, sondern schnurgerade in seine Augen.

»Aber diese Gegenseite kennt Sie«, stellte Köhler fest, »komisch eigentlich.«

»Da haben Sie irgendwie recht ...« Manni rieb sich nachdenklich das kratzige Kinn.

Köhler sah ihn eine Zeitlang an, zog dann eine Visitenkarte aus der Tasche und reichte sie ihm.

»Unter dieser Nummer können Sie mich erreichen«, sagte er, »Tag und Nacht.«

Er faßte den nicht mehr so ganz befriedigt dreinblickenden Dietz am Arm und zog ihn mit sich aus der Wohnung.

»Gute Reise, Herr Thielen«, wünschte ihm Köhler noch über die Schulter, bevor er mit seinem Kollegen im Treppenhaus verschwand.

XIII

Sie schlenderten mit dem Bollerwagen den Eigelstein entlang. Einer links an der Deichsel, einer rechts, Richtung Breslauer Platz. Manni verteilte möglichst gerecht möglichst unauffällige Blicke, nach vorn, zur Seite, nach hinten, nach oben.

»Wenn uns jemand verfolgt«, sagte Ändi, der Mannis Augenspiel schon eine ganze Weile kommentarlos zur Kenntnis genommen hatte, »verfolgt er uns eben.« Manni sah ihn etwas irritiert an. »Wir deponieren zwei Reisetaschen in einem Schließfach, na und?« brachte er Manni lapidar um den Lohn seiner Mühe.

»Und wenn wieder wer auf 'nem Motorrad ...« versuchte Manni sich zu rechtfertigen. »Ich bin schließlich Familienvater!«

Ändi lächelte zu ihm rüber.

Aber dann lächelte er nicht mehr, denn vor der Kneipe stand wieder das Mädchen mit dem Mini-Röckchen und den spitzen pinken Schuhen, die Marie so sehr imponiert hatten. Mannis Eier schrumpften zusammen und verzogen sich hinter sein Schambein. Falls er so etwas besaß. Er war sich da nicht so sicher.

Das Mädchen blickte Ändi mit ängstlich besorgtem Blick entgegen. Dann registrierte sie Manni, und ein un- bis verschämtes Lächeln huschte über ihr Gesicht, während sich ihr Blick für eine Sekunde auf seinen Hosenstall setzte. Die kleine Schlampe. Doch plötzlich rüttelte irgendwas die Sphäre unter den mit Sicherheit nicht wasserstoffblonden Wurzeln ihrer Haarpracht ordentlich durcheinander, und sie blickte befremdet aus ihrem durchsichtigen Spitzen-Top von Ändi zu Manni und wieder retour.

Ändi fragte sie etwas. Sie ließ den Hinterkopf kurz zum Kneipeninneren kippen, und ihre grell geschminkten Lippen raunten ein Geheimnis in sein linkes Ohr.

Ändi sah Manni an, kam nah zu ihm heran und flüsterte: »Kriegst du das mit dem Gepäck allein hin?«

»Klar«, antwortete Manni.

»Ich hol dich dann wie verabredet am Treffpunkt mit dem Wagen ab«, versprach Ändi stimmlos und ließ seinen Griff der Bollerwagendeichsel los.

Manni klappte den rechten Daumen aus seiner Faust und streckte ihn in die Luft. »Viel Erfolg.«

Ändi lächelte aus dem Spiegel seiner zwei Seelen. Der einen, die Marie *moje Sloneczko* nannte, und der anderen, die man schon im Mittelalter tätowiert hatte.

»Bis gleich«, sagte er und schob das Mädchen mit den highheels zur Seite, um in der finsteren Kneipe abtauchen zu können.

Manni zog die Minnie-Maus-Decke vom Bollerwagen und schob Maries und Marlenas Taschen in das gepanzerte Schließfach. Er nahm fünfzig Zentimeter Anlauf, rammte zweimal kurz mit der Schulter gegen die Tür, und die Klamotten seiner Mädels hatten die Wände der Acryltaschen so weit den beengten Räumlichkeiten angepaßt, daß das Schloß in der Eisennut einschnappte.

Manni zog den Schlüssel ab und den Bollerwagen mit sich in die Herrentoilette des Kölner Hauptbahnhofs.

»Du hast aber eine lange Deichsel«, tunteten ihm die schmalen Lippen des dezent gekleideten Herrn entgegen, der es seinen von öffentlicher Hand manikürten Fingern gerade genehmigte, sich unter einem der sechs Wasserkräne im lauwarmen Naß zu aalen.

Das Gesicht kannte Manni irgendwie. Von Fotos aus der Zeitung. Mit Frau und den drei Kindern auf Segeltörn rund um den Titisee. Oder was in der Richtung. Die Namen von Spitzenpolitikern der rechtsliberalen Koalition, die ihren Urlaub auch noch im Schwarzwald verbrachten, hatten Manni nie groß interessiert.

»Sie dürfen gern mal dranpacken«, sagte Manni und drückte ihm die hellblau lackierte Deichsel in die Hand.

Manni schloß sich in einer Toilette ein, zog die Hose runter und klebte den Schlüssel des Schließfachs mit drei Leukoplaststreifen an seinen rechten Oberschenkel.

Vorm Waschbecken nahm er dem graumelierten Deichselliebhaber mit einem freundlichen Kopfnicken den Fetisch wieder aus der Hand und zog den Bollerwagen, auf dem sich seine Tasche und Maries Schlafsack unter der Minnie-Maus-Decke versteckten, aus der internationalen Samenbörse.

Er spazierte am Blumengeschäft vorbei und verließ den Bahnhof durch die Seitentür. Über der Balustrade der Domplatte bohrte sich der Dom in den weißen Himmel. Davor flatterten Flaggen all der Nationen im Wind, deren diplomatisches Korps sich schon mal auf der Herrentoilette des Hauptbahnhofs den Marsch hatte blasen lassen. Oder ein Ständchen dargebracht hatte.

Manni schaute auf die Uhr. In zwanzig Minuten war er mit Ändi verabredet, in gut zwei Stunden mußten sie Marie aus dem Kindergarten abholen.

Er trug den Bollerwagen die paar Stufen hinab und setzte sich an die Theke des Bistros im Alten Wartesaal. Ein hübscher Mischling befragte ihn nach seinen Wünschen, und Manni bestellte einen Milchkaffee.

In drei Tagen war der Deal über die Bühne, dann würden Marie, Marlena und er, nur ein paar Meter Luftlinie von hier entfernt, um 19 Uhr 20 den Italia Express besteigen. In seinen Stiefeln die gebündelten Tausender. Genug um in den Abruzzen eine Kneipe aufzumachen und eine Luftbrücke zum Brauhaus Päffgen zu konzipieren. Marlena und er könnten die Geschäftsführer mimen, Oma und Opa die Küche machen, Schwager, Schwägerinnen, Schwestern, Brüder, Vettern und Kusinen bekämen blaue Köbeskittel an und kurze schwarze Lederschürzen umgebunden.

Cielo e terra, mezzo gallo e caviale coloniese ... Himmel un Ääd, Halver Hahn und Kölscher Kaviar würden mit der entsprechenden Anzahl von Pittermännchen täglich frisch von der Friesenstraße eingeflogen ...

Manni leerte die Kaffeetasse, zahlte und verließ die Gaststätte.

Er zog den Bollerwagen durch die Unterführung und bog links in den Tunnel ein, der den Verkehr zur Rheinuferstraße leitete.

Er baute die Seitenteile des Bollerwagens ab, schob die Tasche etwas beiseite und setzte sich auf Maries Schlafsackrolle. Er schaute in die Autos, die an ihm vorüberfuhren, er schaute zu beiden Enden des Tunnels. Ab jetzt wär's ganz gut, nicht verfolgt zu werden. Eben war's eigentlich egal gewesen, da hatte Ändi recht gehabt.

Er machte sich eine Zigarette an und ließ den Blick schweifen. Es tat sich nichts, was ihn in irgendeiner Form hätte beunruhigen können.

Ein blauer Golf hielt neben ihm. Manni stand auf, öffnete die Heckklappe, warf Tasche, Schlafsack und Decke hinein, klappte die Deichsel um und hob den Bollerwagen auf die Ladefläche, die recht groß war, da Ändi die Rückbank auf dem Hof der Autovermietung gelassen hatte.

Manni riß die Beifahrertür auf und setzte sich neben Ändi, der sogleich die Handbremse löste und behutsam die Kupplung kommen ließ. Auf seinen Knien lag Kölns ausgebreiteter Stadtplan.

Manni legte brav den Sicherheitsgurt an und schaute sich im Wagen um.

»Schöne Kiste.«

»Auf jeden Fall unauffällig«, sagte Ändi, »und billig. Keine fünfzig Mark pro Tag.«

»Bingo«, freute sich Manni.

Ändi sah in die Rückspiegel, bog ab, drehte, fuhr weiter.

»Wir werden verfolgt?« fragte Manni.

»Ich glaube nicht«, sagte Ändi. »Aber es wäre blöd, wenn es doch so wäre.«

Er fuhr einen seltsamen Stil. Mal fuhr er langsam, mal schnell, mal links auf der Überholspur, mal bummelte er rechts fast über den Standstreifen. Und einmal stieg er sogar aus und trat gegen den Hinterreifen, als hätte er Anlaß, an dessen Atü zu zweifeln. Das Ganze geschah nach einem System, das Manni nicht so ganz durchschaute. Immer wieder entfernten sie sich von ihrem Ziel, und doch kamen sie ihm immer näher.

»Sag mal, Ändi«, begann Manni vorsichtig, »hast du was von deiner Schwester gehört?«

Ändi nickte langsam. »Die Frau hat mir gesagt, daß einer von Sergejs Leuten in der Kneipe sei«, begann er. »Ich habe mich mit ihm unterhalten, habe ihn gefragt, ob er einen Job für mich hätte und so weiter.«

»Und?«

»Keine Angst«, sagte Ändi, »ich wollte nur auf das Thema Frauen zu sprechen kommen.«

»Hast du dein Ziel erreicht?«

Ändi nickte. »Ich sagte ihm, in der Wohnung, in der jetzt ja diese Bulgarin wohnt, da hätte doch vorher eine Polin gehaust. Ob er nicht wüßte, wo sie wäre, ich würde sie gern mal ..., du weißt schon.«

»Inzest.«

»Auf verbaler Ebene«, sagte Ändi, dessen Laune gar nicht so schlecht war. »Der Mann sagte, dieses Mädchen sei völlig untauglich fürs Geschäft gewesen.«

»Was hat man mit ihr gemacht?«

»Verkauft«, sagte Ändi, »nach Mannheim. An einen Saunaclubbesitzer.«

»Für wieviel?«

»Fünfzigtausend.«

»Fahr hin, mach Kleinholz aus dem Spritzbad und hol sie raus.«

»Das könnte ich machen, klar«, sagte Ändi, »aber ich will nicht mein Leben damit verbringen, meine Schwester vor der Rache eines international agierenden Frauenverschieberings zu schützen.«

»Das wäre lästig, stimmt«, gab Manni nachdenklich zu. Aber plötzlich stieß wieder eine seiner Magerwattbirnen bis zur Stromversorgung vor. »Wenn er fünfzig bezahlt hat«, sagte er, »und deine Schwester weiter bockt, wovon ich mal ausgehe, gibt er sie mit Kußhand für fünfundsiebzig an dich weiter.«

Schweigend ließ sich Ändi im fließenden Verkehr treiben.

»Gefällt dir was nicht an dem Vorschlag?« fragte Manni, fast etwas beleidigt.

»Doch«, erwiderte Ändi, »er gefällt mir sogar sehr.«

»Aber?«

»Ich habe keine fünfundsiebzigtausend Mark.«

Manni haute ihm auf die Schulter. »Mensch Junge«, sagte er voll positiver Energie, »wenn's läuft wie geplant, hast du übermorgen fast das Doppelte!«

Ändi sah ihn ernst an.

»Du hast das wirklich ernst gemeint mit der Halbe-halbe-Regelung?«

»Ja, was hattest du denn gedacht?!«

Die Sonne ging auf über dem Ozean.

»Danke, Manni.«

»Kopf hoch, altes Haus!« frohlockte Manni, »am nächsten Sonntag sitzt du in Warschau mit deiner Schwester bei Mama und Papa beim Kaffee, und meine Kleinfamilie und ich in den Abruzzen beim Grappa.«

XIV

Manni zog die Abdeckung von der Bingo-Grube und schaute hinein. Es war alles noch so, wie er es auf seiner Erinnerungsdiskette abgespeichert hatte.

Ändi ging auf die Knie und holte den Elektronikkram Stück für Stück aus dem Grab. Eine Lage Wellpappe kam zum Vorschein und darunter ein verschweißter Metallbehälter, etwa vierzig mal vierzig Zentimeter groß und tief.

»Red Mercury«, sagte Ändi.

Manni war erstaunt über sich selbst. Er war ganz ruhig geblieben, kein Schweißausbruch, keine Sehstörung, keine weichen Knie. Er schaute auf den Behälter hinab, und seine Gedanken setzen sich in Trab. Klare Gedanken.

»Von dem Zeug weiß der Doc nichts«, sagte er, »das lagern wir aus und überlegen später, was wir damit machen. Wahrscheinlich rufe ich aus Italien den Kripo-Köhler an und sage ihm, wo wir's versteckt haben.«

»Gut«, sagte Ändi. »Pack mit an.«

Sie legten sich beide auf den Boden und hievten den Behälter aus der Grube auf den Bollerwagen, dessen Reifen sich sogleich in den feuchten Waldboden eingruben.

»Okay«, sagte Manni. »Jetzt raus mit dem restlichen Zeug und ein paar Schnappschüsse gemacht!«

Ändi stellte sich an der Stelle, an der die Quecksilberkiste gestanden hatte, in die Grube und reichte die Waffen zu Manni hoch, der sie säuberlich nebeneinander auf das Laub bettete.

Revolver, Pistolen, Gewehre, Maschinenpistolen. Sieben Posten, Stückzahl insgesamt: zweiundfünfzig. Fünfzehn Kartons Munition und zwölf Handgranaten. Und der Elektronikschrott, klar.

Manni legte die Minnie-Maus-Decke über den Quecksilberbehälter, rollte daneben Maries Schlafsack aus und schob von jedem der Posten ein Modell hinein.

Er deutete auf die Munitionskartons und tippte sich unter die linke Achsel.

»Ist da Munition für meine Pistole dabei?« fragte er.

Ändi hob einen Karton mit fünfhundert Schuß hoch.

»Okay«, sagte Manni und deponierte den Karton auch in Maries Schlafsack, neben zwei Handgranaten.

Manni öffnete den Reißverschluß seiner Reisetasche und nahm den Fotoapparat heraus. Er riß die Filmverpackung auf, schob die Kassette ein und schaute durch den Sucher. Sein rechter Finger suchte den Auslöser, ruschte etwas ab und fand ihn früher als erwartet. Klick ...

»Das war jetzt nicht so geplant gewesen«, sagte er und reichte Ändi grinsend das weiße Kartönchen, das sich vorne aus der Kamera geschoben hatte.

Er richtete den Sucher auf die Waffen. »So«, sagte er, »und jetzt alle schön *cheese* machen!«

»Manni ... «

Die Art, wie Ändi seinen Namen ausgesprochen hatte, ließ die Kamera sofort aus seinem Gesicht fallen. Er sah Ändi an, und dahinter sah er die Bestie. Ein Dobermann, der sich lautlos angepirscht hatte. Sein Maul stand offen, seine messerscharfen Zähne lagen frei. Den Kopf etwas nach vorn gebeugt, lehnte er sich zum Sprung bereit auf die Vorderläufe, sein Atem rasselte keuchend, und sein Blick war der eines Tieres, das, seit es die Welt erblickt hatte, nur mit einer Intention abgerichtet worden war: zu töten, auf Kommando.

Und vom Weg her wurde das Knacken von Ästen unter schweren Schritten immer lauter. Manni spürte die Pistole in seiner Achsel, und er dachte an Ändis Worte.

»Jaahh Liebling«, kreischte er plötzlich mit schriller Kopfstimme los, »du bist so gut, Liebling, jajajaja, tiefer, tiefer ... oh ... hoho ... du Sau, du geile ... « Dazwischen streute er gezielt Monica Seles' beidhändig gepeitschte Rückhandkommentare ein.

Silbermann und Dobermann glotzten ihn betreten an, und aus dem Unterholz dröhnte die Stimme eines Bocklemünder Blockwarts: »Zorro! Sofort hierher!«

Und der schwarze Rächer machte augenblicklich kehrt und verschwand im Gebüsch.

Das Knacken entfernte sich wieder. Ändi schaute in Mannis freches Gesicht und sagte:

»Irgendwo hast du was Geniales.«

»... und was Genitales ...« ergänzte Manni grinsend. Dann zuckte er entschuldigend mit den Schultern.

Er hob die Kamera vor seine Augen, machte sechs Fotos, die er Ändi reichte. Der Fehlschuß hatte sich schon ausentwickelt: Ändi, schräg und erst ab der Gürtelschnalle aufwärts, dahinter die Deichsel des Bollerwagens.

Ändi legte die Fotos nebeneinander auf Mannis Tasche und half mit, die Waffen wieder in der Grube zu verstauen.

Manni verschloß Maries gut gefüllten Schlafsack und stellte seine Tasche darauf. Er strich die Minnie-Maus-Decke über dem roten Quecksilber gerade und steckte die einigermaßen geglückten Polaroids in seine Jackentasche.

Ändi hob die Deichsel. Einer links, einer rechts umfaßten sie die Haltegriffe und zogen die schwere Ladung aus dem Matsch.

Der Golf parkte im Eingang zu einem ehemaligen Bunker. Sein Standort war weder vom Militärring noch von den Spazierwegen aus einzusehen.

In knapp fünf Minuten hatten sie die Ladung hinter den Sitzen verstaut, und Ändi fuhr los.

Sie bogen links in den Militärring ab und hinter der Autobahn dann in die erste Straße rechts. An der Gabelung, wo es rechts zum Butzweiler Hof abging, fuhren sie links, durch ein seltsames Gemisch von Kleinindustrie und neugeschaffenem Individualwohnraum, und beim Honda-Händler bogen sie wieder links ab.

Früher konnte man scharf links über die Longericher Straße in zwei unübersichtlichen S-Kurven den beschrankten Bahndamm überqueren, um durch eine Unterführung nach Longerich zu gelangen. Das ging heute nicht mehr. Die neu geschaffene Sackgasse, ohne Wendemöglichkeit, wie ein Verkehrsschild desillusionierend androhte, endete an einer Straßensperre vor den Gleisen. Dort kam der blaue Golf zum Stehen.

Die beiden Jungs stiegen aus, bauten den Bollerwagen auf, stellten den Quecksilberbehälter darauf und legten Maries Decke über das Ganze.

Sie trugen den Wagen durch das Absperrgatter, stellten ihn neben den Gleisen ab und ergriffen die Deichsel. Nach etwa hundert Metern hatten sie einen Stapel ausrangierter Bahnschwellen erreicht. Sie stellten den Quecksilberbehälter daneben ab und stapelten um.

Manni dirigierte den Golf mit Ändi am Steuer durch eine Unterführung auf die Etzelstraße, dann im Zick-Zack durch die Gartenstadt-Nord, über die Wilhelm-Sollmann-Straße von oben in die Grasegger Straße. Gegenüber dem Spielplatz an der Ecke Scheinerstraße tauchte ein vergammeltes Gelände mit zahlreichen Garagen und einem ehemaligen Tankstellenbau auf.

Als die Tankstelle noch von der Firma TOTAL betrieben wurde, war Charlys Vater der Pächter gewesen. Manni mit seiner Solex und Charly mit seiner Kreidler waren oft hierhin geknattert, um zu tanken und sich beim Frisieren ihrer Stahlrösser ölverschmierte Finger abzuholen. Und bevor Charlys Vater TOTAL-Pächter gewesen war, hatte er auf einem Plätzchen Ecke Körner- und Venloer Straße Gebrauchtwagen verkauft. Sein Büro war ein damals schon ausrangierter Wohnwagen gewesen, der die Umsiedlung zur Graseggerstrasse nur noch auf einem Hänger geschafft hatte. Charlys Vater hatte hinter den Garagen ein kleines Stück Land, das zum Grundstück gehörte, umzäunt und den Wohnwagen darauf abgestellt. Später gesellten sich dann aus der neuen Nachbarschaft noch zwei Wohnwagen und ein olles Segelbötchen dazu.

Charlys Vater war gestorben, ein anderer Pächter hatte die Tankstelle übernommen. Und irgendwann war sie pleite gegangen. Das Gelände diente nun einem Busunternehmen als Abstellplatz für reparaturbedürftige Fahrzeuge. Die drei Wohnwagen und das Bötchen hatte man dort hinten offenbar vergessen. Wahrscheinlich waren auch die anderen Eigentümer längst gestorben. Und der Busunternehmer scherte sich einen Dreck um den Schrott.

Der Golf bog auf das Gelände ab und fuhr an den Garagen vorbei geradewegs auf die dichte Hecke vor dem Bahndamm zu und blieb hinter dem Friedhof der Campingbusse stehen. Manni stieg durch ein Loch im Zaun und trat an das Ex-*Schröder's An- und Verkauf von Automobilen*-Büro heran. Es gab da einen Trick. Einmal feste unten gegen die Tür treten, dann dreimal mit der Faust oben an die linke Ecke bummern. Und es funktionierte noch. Die Tür sprang einen Zentimeter weit aus dem Rahmen. Zwar quietschte sie erbärmlich in den verrosteten Scharnieren, aber sie ließ sich öffnen.

Leere Stern-Kölschdosen standen noch auf dem Verkaufstischchen, und Aschenbecher, randvoll mit bis auf fünf Millimeter niedergesaugten Overstolz-Kippen.

Manni schaute zum Golf und nickte. Ändi packte sich Maries gefüllten Schlafsack und reichte ihn durch den Zaun. Manni trug ihn in den Wohnwagen und räumte die Waffen in das aufklappbare Sitzbänkchen. Zwei Handgranaten steckte er sich in die Jackentaschen, das Kartönchen mit den fünfhundert Schuß Munition für die Pistole des Russen, die nun unter seiner Achsel baumelte, entleerte er in seine Reisetasche.

Er rollte den Schlafsack zusammen und setzte sich in den Golf.

»Was hast du mit den Handgranaten vor?« fragte Ändi, als er den Schlüssel im Zündschloß drehte.

XV

»Na? Alle Kartoffeln im Keller?« fragte Bettina freundlich provokant und nahm Ändi die Deichsel des Bollerwagens aus der Hand.

Manni glotzte desorientiert aus der Wäsche, und Ändi sagte schnell: »Ja, vielen Dank, es hat alles wunderbar geklappt.« Jetzt hatte auch Manni endlich kapiert und bekräftigte mit eifrigem Kopfnicken:

»Die neue Ernte ham wir in der Scheune. So gut wie.«

»Echt?« wollte Marie wissen. »In was für 'ner Scheune denn?«

»Das sagt man so«, erläutete Manni kurz angebunden, hob sein Töchterchen zu sich hoch und drückte einen dicken Schmatzer auf ihre Wange.

»Und jetzt sag schön tschüs.«

»Tschüüüß«, sagte Marie artig, und Bettina winkte den Dreien noch mal zu, bevor sich die Tür des Kindergartens vor ihren Augen schloß.

Manni stellte Marie auf den Boden. Die Kleine schnappte sich erst seine Hand und dann auch die von Ändi und sah frech fordernd zu den beiden Jungmännern hoch.

»Und was machen wir jetzt?« fragte das typische Einzelkind.

»Wie wär's mit dem Zoo?« schlug Manni vor, und Marie sprang vor Freude im Dreieck, auf Mannis Füße, auf Ändis Füße, auf ihre eigenen.

»Au ja!« jubilierte sie. »Das Eisbärenbaby kucken!«

»Hab ich nichts gegen einzuwenden«, sagte Manni, und auch Ändi lächelte solidarisch.

Marie schaute sich suchend um. »Und wo ist die Vespa?«

»Im Hof«, sagte Manni. »Bis zum Zoo schaffen wir's doch wohl noch zu Fuß.« Die Kleine zog augenblicklich einen Flunsch.

»Aber nur, wenn wir *Eins, zwei, drei, hoooooch* machen«, forderte ihr Schmollmündchen ultimativ.

»Kein Problem«, sagte Ändi und nahm Manni damit die Möglichkeit, dahingehend erzieherisch zu intervenieren, daß diese Art Erpressungen auf die Dauer, und im wahren Leben erst recht, in dem der Erwachsenen nämlich, keine angemessenen Hebel seien, seinem jeweiligen sozialen Umfeld den eigenen Willen aufzudrücken.

»Komm, Papa«, quengelte Marie, »jetzt mach schon!«

Ihr Händchen zappelte unternehmungslustig in seiner Faust.

»Eins, zwei, drei, hoooch!« machte Ändi. Und Manni machte mit. Notgedrungen. Vater werden ist nicht schwer ...

Marie amüsierte sich auf jeden Fall mal wieder prächtig.

Sie gingen am Fort X vorbei, ließen das Eis- und Schwimmstadion links liegen, überquerten per Fußgängerbrücke die Amsterdamer Straße und erreichten endlich den Haupteingang des Zoos.

Manni hätte sich gleich zu den Schimpansen setzen und mit ihnen ohne groß aufzufallen um Bananen streiten können, so lang waren seine Arme geworden, vom vielen *Eins, zwei, drei, hoooooch*. Ändi dagegen schien es richtig Spaß gemacht zu haben. Aber der Mann war ja auch gut zehn Jahre jünger als er.

Neben dem Marie schon seit vier Wochen bekannten Nachwuchs der weißen Bewohner der Arktis, hatten nun sowohl die Moschusochsen, irgendwelche Urpferde, die Königspinguine, diverses exotisches Federvieh als auch eine Handvoll neu konstituierter Halbaffenfamilien nachgelegt. Und die männlichen Seelöwen versuchten auf gleichermaßen unverblümte wie frivole Art und Weise, ihre Weibchen dahingehend zu belästigen, doch möglichst bald die Freuden der Vaterschaft mit ihren eben genannten Ghettonachbarn teilen zu dürfen, daß bei den anwesenden Eltern von Vorschulkindern augenblicklich der Erklärungsnotstand ausgerufen werden mußte.

Bei Marie war das natürlich was anderes. Als Oma und Opa noch in Köln wohnten, hatte Marlena ihr altes Kinderzimmer mit dem kleinen Würmchen teilen müssen. Und mit Manni.

Jetzt kniete sie gespannt auf einer Bank und ließ sich vom animalischen Mikrokosmos, der sich ihr und dem neben ihr sitzenden Ändi auf dem Pavianfelsen darbot, alle vorhandenen Sinne knebeln.

»Ich muß mal eben auf die Toilette«, sagte Manni. Völlig unnötigerweise. Denn ihm hörte ja eh keiner zu. Weil momentan die Frage auf den Nägeln brannte, ob es dem kleinen Rotarsch wohl gelingen würde, die Nuß zurückzuerobern, die ihm der etwas größere Sproß einer benachbarten Familie gerade stibitzt hatte.

Manni konnte getrost zum nächsten Münztelefon spazieren und eine Nummer wählen, die er vor sehr langer Zeit einmal ganz hinten in sein Notizbuch gekrakelt hatte.

Ändi war zum Kindergarten zurückgejoggt, um den dort geparkten Golf zu holen, mit dem er Manni und seine Tochter nun vor dem Kiosk am Zooeingang einsammelte.

Marie setzte sich auf Mannis Schoß und kleckerte fröhlich mit ihrem Schokoladeneis auf seinem T-Shirt herum. Sie drehte ihr Köpfchen und entdeckte auf der Ladefläche die Minnie-Maus-Decke, ihren Schlafsack und Mannis Tasche.

»Fahren wir in Urlaub?« fragte sie voller Vorfreude.

»Nee«, sagte Manni, der sich schon was zurechtgelegt hatte. »Weißt du«, begann er in der Tonlage wie vor fast dreißig Jahren jener bei den Kölner Dominikanern umfassend gepuderte Kaplan, der mit knirschenden Pobacken einem innenministerialen Dekret gehorcht und Manni und seinen Mitleidensgenossen im Kommunionsunterricht dringlichst von manueller Selbstbefriedigung abgeraten hatte. »Heute morgen habe ich eine Ratte in unserer Wohnung entdeckt, und selbstverständlich habe ich sofort einem Kammerjäger Bescheid gesa ... «

»Was sind denn Kammer?« unterbrach ihn seine Tochter.

»Eine Kammer ist ein kleines Zimmer«, versuchte Manni verlorenes Terrain souverän zurückzuerobern.

»Und wie jagt man kleine Zimmer?« wollte die Kleine wissen.

»Ein Kammerjäger jagt keine kleinen Zimmer, sondern Ratten und anderes Ungeziefer aus Kammern raus«, stellte Manni mannhaft richtig.

»Komisch«, sagte Marie nach kurzer innerer Einkehr. »Warum heißt er dann nicht Rattenjäger?«

»Weiß ich auch nicht«, gab sich Manni vorerst geschlagen, bevor er wenig später hinzufügte: »Vielleicht weil sich das zu brutal anhört, und ein Kammerjäger ja auch nicht nur Ratten jagt.« Und schleunigst versuchte er es zu Ende zu bringen: »Auf jeden Fall hat der Mann unsere ganze Wohnung mit so 'nem giftigen Zeug eingesprüht, und es dauert zwei Tage, bis wir wieder zu Hause schlafen können.«

»Ist die Ratte dann tot?«

»Mit Sicherheit.«

»Darf ich die dann sehen?«

»Ich kann den Kammerjäger mal fragen.«

»Ist gut.« Damit war Marie zufrieden.

Ändi fuhr die Riehler Straße in Richtung Dom, bog rechts in die Schleife ab, die zur Rückseite des Bahnhofs führte, und nahm den Fuß vom Gas. Er rollte langsam vorwärts bis die Linksabbiegerampel zur Johannisstraße auf Gelb umsprang. In dem Moment setzte er den Blinker, wechselte die Fahrspur und schoß um die Ecke. Kurz hinter dem früheren Hotel Basler Hof, das einmal von einer Familie Schröder betrieben worden war, deren Sproß Michael zeitweilig an Mannis Zockrunde teilgenommen hatte, stieg Ändi in die Eisen, und Manni drückte blitzschnell die Tür auf, umkrallte Maries Körper und verschwand mit ihr in der so bezeichneten Trinkhalle linker Hand. Ändi fuhr in normalem Tempo weiter.

»Na du?« sagte die Kioskfrau und strahlte Marie umsatzheischend an.

»Na«, gab Marie noch recht reserviert zurück.

»Willst du ein Überraschungsei?«

»Na klaaar!« brachen alle Dämme der Zurückhaltung.

Papa hatte schon eine Mark auf die Glastheke gelegt.

Zwei Blocks weiter, in einem alten Haus um die Ecke, schlug Manni fünf Minuten später auf den rotbeleuchteten Lichtknopf rechts an der Wand, und am Ende des muffigen Gangs ging eine matte Glühbirne an, die an einem Kabel von der Decke herunterbaumelte. Die Wände waren seit Jahren nicht mehr gestrichen worden, der Putz bröckelte.

»Die haben hier bestimmt kein richtiges Licht, weil man sonst überall den Dreck sehen kann«, sagte Marie.

Manni blieb stehen und sah sie an. Eine ganze Zeit lang.

»Kommt mir irgendwie bekannt vor, dein Satz ...« sagte er endlich, und er lächelte.

Irgendwas mußte dran sein an der Theorie, daß die Gene auch Erinnerungen mit rüberbrachten.

»Du warst schon mal hier gewesen ...« sagte Marie und die Art, wie sie den Satz betont hatte, ließ offen, ob sie ihn als Frage oder als Feststellung verstanden wissen wollte.

»Ja«, sagte Manni. »Vor einigen Jahren.«

Hand in Hand stiegen sie die knarrende Holztreppe hoch.

Vom Flur im ersten Stock gingen Türen ab, drei rechts, drei links. Vor der ersten rechts, an der ein kleines Messingschild mit dem eingravierten Wort *privat* hing, blieb Manni stehen, klopfte und drückte die Klinke hinunter.

Mann-o-Mann. Hier hatte sich einiges verändert: Eine zarte Röschentapete zierte die Wände des hellen Raumes, in dem ein perfekter Farbfernseher lief. Ein junger Mann stand unter der Dusche, schmierte sich mit irgendeinem Schaum ein, und sofort kam ein Topmodell zu ihm in die Naßzelle, schnupperte hingegeben an seiner Achselhöhle, und eine Telefonsexstimme säuselte was von 'ner Axt und dem Duft, der die Frauen enthauptet. Oder so ähnlich.

Manni zog seinen Blick von der Mattscheibe ab und marschierte damit weiter zu der ledernen Sitzgarnitur. Auf dem Sofa saß eine zauberhafte junge Asiatin und hielt zärtlich Händchen mit einem Mutanten.

Gut, größer hatte er ja kaum werden können in den letzten zehn Jahren, und die schmale Hakennase war auch nicht im Mülleimer unter dem OP-Tisch eines plastischen Chirurgen gelandet, aber sonst war der gestandene Undercoverhotelier nicht wiederzuerkennen. Glattrasierter vitaler Teint, aufgefönte Haare, dezent elegantes Jackett, makellose sechste Zähne.

»Tag, Lang«, sagte Manni.

Lang sah ihn an. Und endlich erreichte ihn ein codierter Funkruf seiner Gedächtniszellen.

»Ach, du warst das«, sagte er langsam, »der eben angerufen und unsere Swiete bestellt hat.«

»So ist es«, bestätigte Manni.

Hand in Hand erhob sich das Pärchen vom Sofa und trat auf die frisch angereisten Gäste zu.

»Darf ich vorstellen«, sagte Lang galant, »meine Frau Majti.«

»Angenehm«, sagte Manni, »meine Tochter Marie.«

Kreuzweises Händegeschüttel.

»Dann wollen wir mal«, sagte Lang, fischte einen Zimmerschlüssel aus seiner Sakkotasche und öffnete damit die Tür schräg gegenüber.

»Die Swiete kost natürlich 'n paar Pennije«, gab er zu bedenken, bevor er seiner Kundschaft Einblick in die Räumlichkeiten gewährte.

»Wieviel?«

»Hundert die Nacht.«

»Hundert Pfennige?« fragte Marie, schockiert ob Langs völlig überzogenen Kostenvoranschlags.

Majti kicherte herzlich. Und Marie hatte von dieser Sekunde an ihren ersten weiblichen Fan aus Fernost.

»Ist okay«, sagte Manni.

Dafür erntete er zwar einen tadelnden Blick seiner Tochter, bekam im Gegenzug jedoch Langs *Swiete* präsentiert.

Ein Durchgangszimmer mit Schlafsofa, einem Couchtisch, Spind und dem Schwarzweißfernseher, der früher schräg gegenüber geflimmert hatte. Eine Tür führte zu einem kleinen Duschbad, die zweite in ein Schlafzimmer mit einem von Nachttischchen flankierten Ehebett aus der Zeit zwischen den zwei Weltkriegen. Aber die hatten ja noch solide getischlert, die Brüder, damals. Unbeeindruckt hatte das Zeug siebzig Jahre Gerammel über sich ergehen lassen.

»Okay«, sagte Manni. Auch Marie schien sich mit der Vorstellung, hier zu nächtigen, rasch angefreundet zu haben.

»Ich nehm das hier«, bestimmte sie und krabbelte auf die linke Seite des Doppelbetts.

Manni schob eine Handgranate in seiner Jackentasche beiseite und brachte das Mondlicht gegen die Gespenster zum Vorschein. Er steckte es in die Steckdose neben dem von Marie okkupierten Kopfkissen, und das Kind lächelte heimisch.

»Zahlste bar«, fragte Lang, »oder mit Kreditkarte?«

Manni verschlug es fast die Sprache. »Mit Kreditkarte?« wiederholte er ungläubig.

Aber Lang zuckte gesalbt die Schultern, legte mit messianischem Gestus die Rechte um die schlanke Taille seiner Gattin und verkündete: »Du weiß ja jarnisch, wat so 'ne jute Frau alles ausmacht.«

Manni ließ eine großzügig bemessene Minute der stillen Andacht verstreichen, bevor er kleinlaut zugab: »Ich würd trotzdem gern bar bezahlen.«

»Kein Problem«, ließ Lang weltmännisch verlautbaren.

Manni reichte ihm zwei Hunderter, die er in den tiefen Abgründen von Majtis Dekolleté versenkte.

»Das Frühstück hier oder im Salon?« Mit dieser Frage setzte der Hotelier Mannis Sprachzentrum endgültig matt. Aber zum Glück war ja seine Tochter anwesend.

»Hier!« bestimmte die kleine Prinzessin. Und Majti nickte zofenhaft.

»Dann wünsch ich den Herrschaften einen schönen Aufenthalt in unserem Hause«, sagte Lang und wandte sich nebst der milde lächelnden Mandelblüte der Tür zu.

»Danke«, sagte Manni erholt, »und viel Spaß beim Osterhasenspiel.«

Lang sah ihn über die Schulter fragend an.

Manni nickte zu den zarten Wölbungen unter Majtis Bluse hin und erklärte die Spielregeln: »Wenn du gleich die zweihundert Eier suchst.«

Es dauerte zwar so seine Zeit, aber dann hatte das Traumpaar der Saison kapiert und konnte sich fortan nicht mehr halten vor Lachen.

Sie lachten sogar noch, als sie die Tür zu ihrem Privatzimmer hinter sich zuzogen.

»Hättest du Lust, heute Abend Würstchen und Frikadellen zu essen?« fragte Manni.

»Na klar!« frohlockte Marie.

XVI

Mannis Taschenlampe stand, den Kopf nach unten, auf der Eckbank im Friesenhöttchen. Daneben saß Ändi, der den Strahler wie verabredet aus dem Golf mitgebracht hatte.

Rentner Herbert war heute abend nicht da, dafür drei rundliche Möchtegern-Ladies, umhüllt von Seide, Gold und MCM. Schweinigelnd klopften sie Skat und bestellten Piccolöchen nach jedem verlorenem Spiel, und nach jedem gewonnenen. Resi hatte offenbar ihren freien Tag, und Schang schmiß den Laden allein, wobei er sich um acht Uhr abends noch kein Bein ausreißen mußte.

»Isch hann nix«, kreischte es vom Nebentisch. »Ävver nix is immer noch mie als janix«, kam es von ihrem Vis-a-vis zurück, und das Damentrio ertrank in keuchendem Gelächter.

Erst als Marie sich durch den schweren dunkelgrünen Filz, der vor der Eingangstür hing, gewühlt hatte, pegelten die Skatspielerinnen ihre Geräuschkulisse wieder auf ein erträgliches Maß herunter.

Marie lief direkt zu Ändi und setzte sich bei ihm auf den Schoß.

»Wir haben ein schönes Hotel«, plapperte sie mitteilungsbedürftig drauflos, »aber darüber soll ich nicht sprechen, wenn andere Leute mithören können, hat Papa gesagt.«

»Da hat dein Papa recht«, bestätigte Ändi.

Manni war zur Theke gegangen und sprach nun mit Schang. Der Wirt griff zum Telefon, hob den Apparat hoch und drehte Manni seinen Rücken zu. Er wählte, lauschte und flüsterte.

»Die Frau von dem Mann in dem Hotel ...« plapperte Marie unbekümmert weiter, aber Ändi blickte sie streng an und legte den Finger auf ihre Lippen.

»Erzähl es mir später«, sagte er, »wenn wir drei allein sind.«

Marie schaute sich um. »Aber hier sind doch keine anderen Leute, hier sind doch nur Frauen!« sagte sie fast etwas beleidigt.

»Trotzdem«, mahnte Ändi, »wir müssen alle ein bißchen vorsichtig sein.«

»Warum?« wollte Marie wissen. »Wegen dem Kammerjäger?«

»Nein«, sagte Ändi lächelnd, »nicht wegen dem Kammerjäger. Dein Papa erklärt dir alles später, wenn du mal groß bist.«

»Das ist gemein!«

»Ich weiß«, sagte Ändi, »aber es läßt sich nun mal nicht ändern.«

Schang reichte Manni den Hörer, und Manni sprach hinein.

»Dann bestell mir wenigstens ein Würstchen!« verlangte Marie ausgleichende Gerechtigkeit.

»Frag deinen Papa«, sagte Ändi, »ich will mich nicht in sein Ernährungskonzept einmischen.«

Manni gab Schang den Hörer zurück, und Schang legte ihn auf die Gabel. Marie hopste zu ihrem Papa und zupfte ihn an der Jacke.

»Papa?« fragte sie. »Krieg ich jetzt ein Würstchen?«

»Du willst ein Würstchen?« meldete sich gleich der Wirt zu Wort. »Mit Kartoffelsalat?«

»Mag ich nicht.«

»Mit Brot?«

»Mit Fritten.«

»Fritten habe ich nicht.«

»Dann mit Frikadelle.«

Schang lächelte. »Alles klar, einmal Bockwürstchen mit Frikadelle. Und was darf's zu trinken sein?«

»Limo.«

Schang nickte und sah Manni an.

»Tu mir ein Tut-mir-Light-Bier«, sagte Manni zögernd.

»Ein was?«

»Was bleifreies, oder mit der halben Dosis.«

»Dann trink doch gleich 'n Wasser.«

»Stimmt«, sagte Manni, »'n Wasser und 'ne Tasse Kaffee.«

»Auch was zu essen?«

»Ich glaub, das lohnt sich nicht mehr.«

Es hätte sich wirklich nicht gelohnt. Manni hatte gerade erst die halbe Tasse Kaffee in sich entsorgt, als der Kopf von Docs Schnösel in der Filzspalte erschien und ihm zunickte. Manni nahm die Taschenlampe, küßte Marie auf die Stirn und klopfte Ändi auf die Schulter.

»Wann kommt endlich mein Essen, Papa?« wollte die Kleine zum Abschied noch wissen.

»Gleich«, sagte Manni, »gleich.«

Er verließ das Lokal, und der junge Mann hofierte ihn durch die eingebrochene Nacht zur Rückbank des Jaguars.

Er war nicht allein auf dem wüstensandfarbenen Rindsleder. Eine Einmal-graue-Maus – Immer-graue-Maus mit lächerlichem Flanellhütchen auf dem Kopf und einer Kassenbrille auf der profillosen Nase saß neben ihm. Der Mann hatte einen grauen Regenmantel an und graue Schuhe mit Gummisohlen.

»Tag«, sagte Manni.

»Tag«, sagte der Mann, und machte keinerlei Anstalten, diesem verheißungsvollen Beginn eine nette Plauderei folgen zu lassen.

Manni nickte. Wer nicht will, der hat schon. Er beugte sich zum Fahrer vor und fragte: »Kennen Sie die Neusser Straße?«

Der junge Mann nickte. »Sicher.«

»Fahren Sie die bitte erst mal stadtauswärts, bis ich mich wieder melde.«

»Kein Problem.«

Der junge Mann ließ den schweren Schlitten servoleicht in den geringen Verkehr auf dem Kaiser-Wilhelm-Ring einfließen.

Es dauerte bis zum Ebertplatz, ehe der Beamte auf Lebenszeit zu Mannis Linken den Kopf ein wenig zu ihm wandte und vor sich hin murmelte: »Das Foto.«

Manni reichte ihm den besten der Schnappschüsse, die er bei der Bingo-Grube gemacht hatte. Der Mann zog einen kleinen Spiralblock und einen abgegriffenen, aber akribisch gespitzen Bleistiftstummel aus der Tasche seines Mantels, schaute mit völlig gleichgültiger Miene auf das Foto und begann zu schreiben, zu gucken, zu schreiben. Winzige Zeichen, Ziffernkolonnen, Buchstabenreihen. Eine Seite voll, die nächste, die dritte ...

Er schrieb auch noch, als sich Manni vorbeugte und dem Chauffeur sagte, er möge doch bitte die nächste Straße links abbiegen, und dann die erste wieder links.

Der Jaguar tat wie ihm geheißen und schlich sich an die Scheinerstraße heran.

»Vorne, hinter den Garagen links ab«, sagte Manni, »und geradedurch bis zum Bahndamm.«

Der Fahrer nickte und hielt wenige Sekunden später neben dem Zaun. Manni nickte seinem Sitznachbarn zu, und der steckte sein Blöckchen weg, schaute auf und ließ sich vom Fahrer die Tür öffnen. Manni versuchte, dies selbst zu erledigen. Es ging nicht. Elektronische Kindersicherung. Der junge Mann trat von außen heran und öffnete. Manni stieg aus und kletterte durch das Loch im Zaun. Der Mann mit dem grauen Hut folgte dem Lichtkegel, den ihm Mannis Taschenlampe vor die Füße warf.

Einmal treten, dreimal bummern, und sie waren im Wohnwagen. Manni klappte die Sitzbank auf und wollte die Waffen herausholen. Doch der Mann sagte:

»Lassen Sie mich bitte allein.«

Manni reichte ihm schulterzuckend die Taschenlampe, doch der Mann zog einen kleinen Halogenstrahler aus seinem Mantel und richtete ihn auf die Waffen.

Manni verließ den Wohnwagen, setzte sich auf die Deichsel des Bötchenhängers und steckte sich eine Zigarette an. Der junge Mann saß bei gedimmter Innenbeleuchtung im Jaguar. Der halbe Mond klebte an der pechschwarzen Unendlichkeit. Irgendwie eine Idylle. Doch plötzlich vibrierte der Boden, die Grashalme zu Mannis Füßen begannen zu zittern, ein Donnern kam näher, und ein Güterzug fuhr mit ohrenbetäubendem Getöse vorbei. Man konnte ihn hinter der dichten Hecke nicht sehen, aber man spürte seine Kraft, und es roch nach zermalmtem Stahl.

Gut einen Kilometer weiter würde der Zug an einem Stapel ausgangierter Bahnschwellen vorbeirauschen, in nur knapp zwei Metern Abstand von dem Hochdruckbehälter gefüllt mit Red Mercury. Wenn das Zeug wirklich vier Millionen Dollar wert war, müßte es doch irgendeinen cleveren Geschäftsmann geben, der dafür liebend gern lumpige fünfhunderttausend Deutschmark auf den Tisch des Hauses blätterte … Laß es, Manni, laß es. Gier macht blind. Zieh hier den Deal mit dem Doc durch und bring dich und deine Mädels in Sicherheit, und Ändi kauft sich seine Irina frei. Es soll kein Blut mehr fließen. Charly und Schumi sind genug. Du bist ganz schön abgebrüht. Aber mehr würdest auch du nicht verkraften.

Der graue Mann trat aus dem Wohnwagen, stieg durch den Zaun und setzte sich in den Jaguar.

Manni trat die Zigarette aus, schloß die Tür des Wohnwagens und folgte dem grauen Mann.

Der junge Mann ließ den Motor aufrauschen und legte den Automatikhebel auf N.

Manni sah den Mann neben sich an. Doch der schaute nur vor sich hin.

In Höhe Neusser Straße/Gürtel beugte sich der Mann vor und sagte zum Fahrer: »Bitte hier rechts anhalten.«

Der Jaguar kam unter der Hochtrasse der KVB-Linie 13 zum Stehen.

»Das Telefon bitte«, sagte der Mann. Der Fahrer reichte es ihm. »Bitte lassen Sie mich allein.«

Der Fahrer stieg aus, öffnete Manni die Tür.

Der Fahrer lehnte sich vorne an die Limousine, Manni hinten, wieder mit einer Zigarette im Mund. Er schaute unauffällig durch die getönte Scheibe zu dem grauen Mann. Viel sah er nicht, nur ab und zu seine Zähne hinter den Lippen, die sich rasch über der Sprechmuschel bewegten.

Der Mann klopfte mit dem Telefon leicht gegen die Scheibe und nickte dem Fahrer zu. Manni stieg ein, sah den Mann an.

»Und?« fragte er. Ihm ging dieses ultracoole Getue langsam auf den Keks. »Haben Sie den Doc erreicht?«

Zwecklos. Der Mann schaute weiter schweigend vor sich hin, der Fahrer steuerte den Schlitten weiter in Richtung City.

An der roten Linksabbiegerampel Ecke Gladbacher Straße und Ring sagte der Mann plötzlich: »Lassen Sie mich hier raus.«

Der Fahrer stieg aus, öffnete ihm die Tür. Da drehte sich der Mann kurz zu Manni um und sagte: »Warten Sie bei Schang.«

Die Hände in den Taschen seines Mantel vergraben verschwand er in der U-Bahnstation.

Das Friesenhöttchen hatte sich einigermaßen gefüllt, und Schang mußte mehr arbeiten als ihm normalerweise lieb war.

Ändi hielt Marie im Arm, ihr Würstchen hatte sie halb aufgegessen, bevor ein Müdigkeitsschub sie voll erwischt hatte. Ihr Mund stand offen, und ihr Unterbewußtsein schien gerade angenehme Dinge wiederzukäuen, denn ein zufriedenes Lächeln lag auf ihrem zarten Gesicht.

Die drei Damen hatten ihre Skatrunde aufgelöst und saßen wie die Schiefen Türme von Pisa auf Barhockern an der Theke. Die Piccolöchen Numero sechzehn bis dreiundreißig ließen sie sich von drei männlichen Gästen spendieren.

Manni kam rein und erblickte Marie in Ändis Armen. Er eilte zu den beiden, wollte das Kind sofort übernehmen, doch Ändi winkte ab.

»Laß nur«, sagte er, »das geht schon.« Leicht schaukelte er Marie hin und her und blickte in ihr entspanntes Gesicht. »Du hast ein liebes Kind, Manni« sagte er, »weißt du das eigentlich?«

»Manchmal«, erwiderte Manni.

»Ich will auch mal Kinder haben«, sagte Ändi. »Solche wie Marie.«

»Jaja«, sagte Manni, »und wie's gelaufen ist, willst du nicht wissen?«

»Du lebst noch, zum Glück. Gibt's dazu sonst noch viel zu sagen?«

Manni sah ihn einen Moment verdattert an, doch dann schüttelte er den Kopf und sagte: »Nee, eigentlich nicht.«

»Wie geht's jetzt weiter?« war das einzige, was Ändi zu interessieren schien, eher aus Sorge, Maries Schlaf könne wegen der verqualmten Kneipenluft und dem trunkenen Gegacker an der Theke nicht die erholsame Wirkung erzielen, die ein fünfeinhalbjähriges Kind tanken mußte, um den folgenden Tag vital genießen zu können.

»Ich soll hier warten«, sagte Manni. »Der Doc wird sich irgendwann irgendwie melden.«

»Irgendwann, irgendwie ... « wiederholte Ändi.

Manni legte ihm die Hand auf die Schulter. »Keine Sorge, Ändi«, sagte er, »die Kleine wird's schon überleben. Die Biester sind zäher als man denkt, wenn man keins hat.«

»Manni?« das kam jetzt von der Theke her. Zwei schiefe Türme bogen sich zur Seite und drehten ihre hochroten Gesichter zur Eckbank hin. Und zwischen den Türmen beugte sich Schang über den Tresen und nickte Manni zu.

Manni stand auf, ging hinter die Theke, nahm den Telefonhörer aus Schangs Hand, steckte einen Finger in sein freies Ohr und drehte sich von den schwatzhaften Schampusgräbern weg.

XVII

Mit der einen Hand hielt er Marie fest, die über seiner Schulter lag, mit der anderen zog er den Zimmmerschlüssel aus der Tasche und öffnete die Langsche Suite. Er durchquerte das Vorzimmer und legte Marie neben ihrem matt schimmernden Mondlicht auf dem Bett ab. Er zog die Decke ein wenig über sie, lehnte die Tür an und machte die Stehlampe im Vorzimmer an.

Obwohl das Sofa schon recht durchgelegen war, ließ sich darauf, mit dem Nacken auf der einen Armlehne und den Stiefeln auf der anderen, eine ungeheuer bequeme Liegeposition einnehmen. Manni verschränkte die Hände hinter seinem Kopf und stierte zur Decke. Eine Achterbahn wurde unter seiner Schädeldecke montiert, und die ersten Wägelchen schossen in Abgründe und Höhen, durch Schluchten und an erhebenden Aussichten vorbei.

Was für ein Tag. War es wirklich erst zwanzig Stunden her, daß Ändi den Russen in ihrer Wohnung klargemacht hatte? Und Schumi ... Sein Ausklinken und Ändis Outknocking, die Bollerwagenarie ... Und Charly war auch erst ... nein, er war ja gar nicht tot, Charly suchte ihn, wie er ihn schon so oft gesucht hatte, um ihm zu helfen, den Karren aus dem Dreck zu ziehen ... Er würde auch bei Lang nach ihm suchen, klar. Er stand sogar schon vor dem Haus und jetzt drückte er den Lichtschalter im Flur, er stieg die Treppe hoch, er schlich den Flur entlang, er hob die Hand und klopfte an die Tür

Manni riß die Augen auf, warf die Stiefel von der Sofalehne, zog hastig die russische Pistole aus dem Halfter, den er auf dem Couchtisch abgelegt hatte. Er drückte sich an die Wand neben dem Türrahmen, hielt die Pistole in Augenhöhe und schob den Sicherungshebel zur Seite.

Er hob den rechten Fuß und trat die Klinke herunter.

Ändi trat ein, Mannis Tasche in der Hand, einen Militärrucksack auf dem Rücken, unterm Arm Maries Schlafsack und die Minnie-Maus-Decke.

Manni ließ die Waffe sinken, schloß die Tür ab und nahm Ändi die Tasche aus der Hand. Der tapfere Freund legte Decke und

Schlafsack auf's Sofa und ließ den Rucksack von den Schultern gleiten.

»Wo hast du denn das Ding her?« fragte Manni.

»Aus Jerusalem«, antwortete Ändi, öffnete den Sack und holte drei Flaschen Reissdorf Kölsch daraus hervor. In Mannis Augen stand sofort jener gewisse Glanz.

»Ich hab ihn in der Annostraße abgeholt«, sagte Ändi, »bevor ich euch im Friesenhöttchen getroffen habe.«

»Und die Punker haben dir als Proviant gleich noch drei Rationen Obergäriges eingepackt, wie nett«, sagte Manni und fixierte die Flaschen mit sehnsüchtig zurückhaltendem Blick. »Hätte ich den wilden Kerlen gar nicht zugetraut.«

Ändi lächelte. »Ich hab das Kölsch am Kiosk gekauft.«

»Schade«, sagte Manni, »hatte ganz vergessen, dir mitzuteilen, daß ich auch ganz gern ein Fläschchen gehabt hätte.«

»Die sind alle drei für dich«, sagte Ändi und holte eine Familienflasche Gatorade aus dem Rucksack.

»Bist echt ein guter Kumpel, Ändi.«

Schon hatte Manni die untere Kante seines Feuerzeugs am Kronenverschluß angesetzt und, pling, den Weg zur temporären Glückseligkeit aufgeknackt.

Er nahm einen tiefen Zug. Kölsch gluckerte durch den gläsernen Hals der Flasche in den anderen. Manni rülpste unflätig und ließ sich mit einem befreiten »Aaaahhhh ... « ins Sofa plumpsen.

Ändi nahm einen kleinen Schluck aus der Gatoradepulle und verschwand mit seinem Rucksack im Bad.

Manni widmete sich seinem Durst.

Als Ändi mit nassen Haaren, im Jogginganzug, aus dem Bad trat, saugte Manni gerade den letzten Schaumklecks aus der zweiten Flasche.

Ändi rubbelte sich den Schädel trocken.

»Was meinst du«, fragte Manni, »weiß irgendwer, daß wir hier abgestiegen sind?«

»Ich hab unten im Auto noch eine Weile gewartet und mir die Gegend sehr genau angesehen«, sagte Ändi, »und dann bin ich um den Block gegangen und hab in alle geparkten Autos geschaut, bevor ich mit dem Gepäck hochgekommen bin.«

»Und?«

»Ich habe nichts entdeckt.«

»Gut«, sagte Manni. »Dann kann morgen ja alles laufen wie geplant.«

»Was?«

Manni steckte sich eine Zigarette an.

»Morgen nacht um zehn Uhr findet die Übergabe statt«, erklärte Manni. »Der Doc hat den Preis akzeptiert.«

»Wie hoch ist der Preis?«

»Zweihundertfünfzig«, sagte Manni, »in bar.«

»Die Muster inklusive?«

Manni brauchte seine Zeit, bis er die Frage verstanden hatte, und trotzdem kratzte es sich etwas verwirrt am Kinn.

»Da haben wir nicht drüber gesprochen«, sagte er, und nach einem kurzen Grübeln schüttelte er entschieden den Kopf. »Nee, der Preis bezog sich nur auf das, was auf dem Foto zu sehen war.«

»Also auch nicht auf rotes Quecksilber?«

»Nee, natürlich nicht! Meinste etwa, ich hätte dem Doc davon erzählt?!«

»Und was geschieht damit?« wollte Ändi wissen.

»Ich ruf den Kripo-Köhler aus Italien an und verrate ihm, wo das Teufelszeug versteckt ist«, sagte Manni.

»Und die Muster ?«

Manni überlegte einen Moment und faßte einen Entschluß. »Die lassen wir erst mal da, wo sie sind. Ich meine, wenn du was davon gebrauchen kannst für deinen Trip nach Mannheim ... «

Ändi schüttelte versonnen den Kopf. »Nein, kann ich nicht.« Er griff kurz zu seinen nackten Füßen hinab, verkürzte mit Daumen und Zeigefinger den Nagel des dicken rechten Zehs um fünf Millimeter und schaute dann auf. »Eine Handgranate wäre vielleicht ... « schränkte er ein, und schon hatte Manni die aus seiner linken Tasche vor ihm auf den Tisch gelegt.

»Steck sie weg«, sagte er, »nicht daß Marie morgen früh meint, das wär'n ganz besonderes Überraschungsei und gleich versucht, es auszupacken.«

»Witzbold«, erwiderte Ändi und verstaute die Granate in seinem Rucksack. »Wie soll's ablaufen?«

»Ich treffe den Doc um halb zehn im Maritim«, erläuterte Manni. »Und wenn ich das Geld gesehen habe, rufe ich dich an.«

»Wo?«

»In dem Wagen, in dem du mit zwei von Docs Leuten sitzen wirst.«

»Aha.«

»Ich gebe dir das *Go* durch, und du fährst mit den Leuten zur Bingo-Koje. Sie verladen das Zeug, rufen beim Doc an und sagen, daß alles an Bord ist. Dann lassen sie dich da raus, wo du deinen Golf geparkt hast, und du holst mich in der Suite beim Doc ab.«

Ändi nickte langsam. Hatte er ein ungutes Gefühl? Oder sah er immer so aus, wenn er konzentriert nachdachte? Manni kannte ihn noch nicht gut genug, um das beurteilen zu können.

»Und dann«, versuchte Manni alle finsteren Visionen mit einem Streich auszuradieren, »teilen wir die Kohle, und du kannst gleich zu deiner Schwester nach Mannheim durchstarten.«

»Und du?« fragte Ändi besorgt.

»Marie und ich pennen noch die Nacht hier«, sagte Manni, »und am Nachmittag holen wir Marlena aus dem Krankenhaus und ab geht's zu Oma und Opa in den sonnigen Süden.«

»Und was machen wir morgen mit Marie?« wollte Ändi wissen.

»Wir gehen ins Phantasialand oder sonstwo ...«

»Nein«, unterbrach ihn Ändi, »ich meine nicht tagsüber, ich meine, wenn du im Maritim bist und ich bei der Bingo-Koje.«

Manni zuckte mit den Schultern. »Ich bring sie um halb neun ins Bett und bitte die hübsche Herrin des Hauses, sie solle sich gegen entsprechende Vergütung zwei Stündchen hierhin setzen.«

»Du meinst, das geht?« hakte Ändi nach.

»Kein Problem«, bagatellisierte Manni, »wenn Marie einmal pennt, dann pennt sie.«

»Papa?«

Das kam von nebenan.

»Ich komme!« Manni stand auf. »Klar, heute ist es was anderes, Marie hat ja sogar noch ihre Straßenklamotten an.«

Manni schnappte sich seine Tasche und ging rüber zu Marie. Sie saß aufrecht auf dem Bett und rieb sich die Augen. Manni holte ihren Schlafanzug aus der Tasche.

»Bist schon im Friesenhütchen eingeschlafen, ne?« sagte er, während er ihr das Sweatshirt über die Ohren zog. Marie sah ihn schlaftrunken an. Sie erinnerte sich dunkel. Manni zog ihr den Schlafanzug an.

»Und Zähneputzen!« verlangte sie völlig unvermittelt.

Manni packte sich an den Kopf. »Scheiße!«

»Was denn?«

»Ich hab deine Zahnbürste vergessen.«

»Dann gib mir deine.«

»Meine hab ich auch vergessen. Einmal muß es eben auch so gehen.«

»Wenn das die Mama wüßte!«

»Wir brauchen's ihr ja nicht zu sagen.«

»Gut.«

Manni hob das Kind ein wenig beiseite, um das Bettlaken richtig aufschlagen zu können. Er schob Marie in das weiße Leinen und deckte sie locker zu.

»Papa?«

Manni hatte verstanden. Er legte sich neben sie, und ihr Händchen pirschte sich an seine Ohrmuschel heran.

Sie schloß die Augen und atmete ruhig und regelmäßig, während ihr Händchen sein linkes Ohr massierte.

Plötzlich drehte sie ihren Kopf zu ihm, und ihre Augen öffneten sich wieder einen halben Zentimeter.

»Papa?« flüsterte sie.

»Was ist, mein Kleines?«

»Oma und Opa wohnen ja in Italien«, sagte sie mit nachdenklicher Stimme, und Manni spürte sofort, daß sie sich schon eine ganze Zeit mit diesem Thema beschäftigt hatte, »aber meine andere Oma und mein anderer Opa sind gestorben. Das hast du mir mal erzählt.«

»Ja«, sagte Manni, »das stimmt.«

»Schon als du ein kleiner Junge warst?«

»Marie ...!« Manni strich sanft eine Strähne aus ihrer Stirn, »wollen wir darüber nicht ein andermal reden?«

»Nein.« Und das war ein Befehl.

Manni lächelte sie an.

»Wie war das?« fuhr die Kleine inquisitorisch fort.

»Mariechen«, flehte sie Manni fast an, »mach dir doch nicht immer so viele Gedanken!«

»Ich will's aber wissen.«

»Ganz ehrlich?«

»Jahh.«

»Es war nicht schön für mich«, sagte Manni schweren Herzens, »aber irgendwann hatte ich mich daran gewöhnt.«

»Das mein ich nicht«, sagte sie streng. »Ich will wissen, wie es passiert ist.«

»Mein Gott, Marie ... «

»Sag's jetzt!«

Manni seufzte, sah sie an und flüsterte, während er sanft eine Hand an ihre Wange legte.

»Meine Eltern waren in Urlaub gewesen, auf einem Campingplatz an der Costa Brava. Auf dem Weg nach Barcelona sind sie mit dem Auto verunglückt.«

Stille. Marie dachte nach.

Und dann fragte sie ohne Rücksicht auf Verluste: »Und wo warst du, als das passiert ist?«

Manni sah sie an.

»Auch in dem Auto«, sagte er leise, »auf der Rückbank.«

Wieder eine Stille. Länger als die vorherige.

»Bist du dann zu deiner Oma gekommen?«

»Nein«, sagte Manni. »Nach Sülz.«

»Nach Sylt?«

»Nein, nach Sülz.«

»Sülze mag ich nicht.«

»Ich auch nicht«, sagte Manni, »aber Köln-Sülz hat mit durchsichtigem Katzenfutter nicht viel gemeinsam.«

»Und warum bist du nach Sülz gekommen?«

»Weil es da so ein Haus gibt«, sagte Manni, »in dem auch andere Kinder leben, deren Eltern tot sind.«

»War das schön?«

»Es geht«, sagte Manni. »Ich war froh, als ich wieder raus war.«

»Und was hast du dann gemacht?«

»Das erzähle ich dir morgen, okay?«

»Jetzt!«

»Nein«, sagte Manni in einem Ton, den seine Tochter kannte. Der Ton, der die Schlagbäume an den Grenzen schloß.

»Du mußt jetzt schlafen, es ist schon sehr spät.«

»Ist Ändi denn noch da?«

»Ja«, sagte Manni, »er schläft im Zimmer nebenan.«

»Gut.«

»Und morgen gehen wir drei ins Phantasialand.«

»Ehrlich?«

»Klar.«

»Toll!« Und sie kuschelte sich sofort ins Kopfkissen, fest entschlossen, umgehend einzuschlafen, damit die Nacht ganz schnell vorüber war.

XVIII

»Und wie geht's der Kleinen?« fragte Marlena, als sich ihre und Mannis Zungen wieder entwirrt hatten.

»Gut geht's ihr«, sagte Manni beschwingt, »prima sogar.«

»Sie ist jetzt im Kindergarten?«

»Klar«, sagte Manni, »wo sollte sie denn sonst sein?«

Marlena sah ihn durchdringend an. Und ihm wurde gleich etwas mulmig zwischen seinen unrasierten Backen.

Gut, kleine Notlügen waren ja durchaus legitim. Was sollte sich seine Frau denn unnötig Gedanken machen? Es gab genug Elend auf der Welt. Das Problem war nur, daß bei Marlena, und nur bei ihr, sein Talent als Seifenoperntenor schon verdammt oft versagt hatte. Er brachte es manchmal einfach nicht überzeugend genug über ihre Rampe.

»Ich habe gestern abend mehrfach versucht euch anzurufen«, machte Marlena zielstrebig weiter, »und niemand hat abgehoben.«

»Komisch«, konstatierte Manni und gab sich ordentlich Mühe, seinem Gegenüber per frustriertem Kopfschütteln zu suggerieren, daß es mit der Telekom und ihren Kabeln halt immer so eine Sache für sich sei.

Aber dann klatschte der schusselige Professor sich plötzlich mit der flachen Hand auf die Stirn und verkündete befreit: »Ja, jetzt erinnere ich mich! Als ich Marie ins Bett gebracht habe, hat's Telefon geschellt, stimmt. Ich bin nicht drangegangen.«

Marlena nickte langsam mit dem Kopf. »Und jetzt ist die Kleine im Kindergarten ...«

»Klar«, platzte Manni heraus, natürlich viel zu hastig, »hab ich doch eben schon gesagt!«

»Das finde wiederum ich komisch«, sagte Marlena mit ruhiger Stimme. Mit zu ruhiger. Für Mannis Geschmack.

»Was ist denn daran komisch, wenn unsere Tochter an einem pupsnormalen Donnerstag um zehn Uhr morgens in dem Kindergarten ist, in dem sie jeden Tag um diese Uhrzeit ist?«

»Komisch finde ich daran, daß ich eben mit Bettina telefoniert habe, ... weil ich Marie gerne guten Morgen gesagt hätte ...«

Manni rieb sich mit den Zeigefingern über seine ungeputzen Zähne. In der Mitte trafen sie sich. Er nickte dabei nachdenklich. Erst in der Niederlage offenbart sich wahres Heldentum.

Und Helden pflegen oft sehr schweigsam zu sein.

»Wo ist Marie?« Das war jetzt kein Geplänkel mehr, das war haarscharf am Fenster der Kanzlei des Scheidungsanwalts vorbeigeschossen.

»Sie spielt mit Ändi *Hans im Glück*«, kam es von den Lippen des niedergestreckten Ritters.

»Wo?« fragte Marlena. Und erhöhte das Risiko gleich durch die Ziehung der Zusatzfrage: »Und wer ist Ändi?«

»Ändi ist mein Freund«, sagte Manni.

»Dein Freund, soso ...«

Logisch, kaum lag sie im Krankenhaus ...

»Ja, verdammt«, versuchte Manni sie von ihren schmutzigen Phantasien zu befreien, »er hilft mir zur Zeit, und er hat Marie sehr gern. Und sie ihn auch!«

»Wobei hilft er dir?«

Die Verhörspezialisten des CIA waren verrottete Gartenschläuche gegen eine Ehefrau mit italienischem Blut in den Adern. Die einen liebte.

Manni sah Marlena an, beugte sich über sie, küßte ihre Stirn und griff in den Spalt zwischen Bett und Wand. Wieder klemmte da die aktuelle Ausgabe des Express.

»Wer verkauft eigentlich diesen Schund an noch nicht vernarbte OP-Kunden?« wollte er mit großer Geste von den über der Deckenlampe hausenden Göttern wissen.

»Ich habe Schwester Elisabeth gebeten, mir jeden Morgen einen Express mitzubringen«, löste Marlena dieses dreizehnte Rätsel der Sphinx ohne viel Federlesen.

»Die Schwestern sind auch nicht mehr das, was sie mal waren«, gab Manni zum besten, mit all der globalen Weisheit eines Rentners in der Stimme, der im Puff keinen mehr hochgekriegt hatte.

Marlena packte seine Hand und drückte zu.

»Manni!« sagte sie. Und Manni mußte sie anschauen. Es war Angst in ihrem Blick. Angst pur.

Manni fledderte den zusammengewursteten Express auseinander und las die Schlagzeile: »Killer töten Kölner Kripo-Chef«.

Manni klappte die zwei Seiten bis zum entsprechendem Aufmacher um, und seine Augen fraßen die Worte und Bilder von der Seite, auf der Archie Brücher über den gewaltsamen Tod des Dezernatsleiters Klaus Schumacher (62) berichtet hatte. Der Staatsanwalt hatte sogar einen Verdächtigen zum Verhör bestellt.

Manni hielt ihr die rotschwarzweiße Zeitung vor die Nase.

»Hast'n schon ausgelesen?«

Marlena nickte. »Heute morgen zwischen sieben und dreizehn nach acht.«

Manni rollte die achtzehn Blut und Tränen triefenden Seiten zusammen und schob sie in die Jackentasche, neben seine Handgranate.

Er legte die rechte Hand auf Marlenas Brust und sagte mit einem melancholischen Schatten über den Augen: »Morgen abend sitzen wir im Zug, und Samstag holt uns Paolo in L'Aquila vom Bahnhof ab.«

Marlena sah ihn an. Und nach einer Ewigkeit lockerte sie den eisernen Griff um seine Hand, und ging nahtlos über in intensiv tröstende Streichelarbeit.

»Ich wünschte«, sagte Marlena sehnsüchtig, »wir säßen schon im Zug.«

»Ich auch«, sagte Manni. »Schätze, ich bin überreif für 'ne umfassende Luftveränderung, echt.«

»Der Arzt entscheidet erst morgen früh, ob ich am Nachmittag rauskomme«, sagte Marlena bangend.

»Ich drücke die Däumchen.«

»Bisher ist er sehr zufrieden mit mir.«

Manni lächelte sie an. »Alles andere hätte mich auch sehr gewundert.«

Marlena zog ihn am Ohr zu ihrem Mund hinab und küßte seine Lippen.

»Um Punkt 17 Uhr steht die Taxe mit Marie und mir vor der Tür dieses Hauses«, flüsterte er ihr zu.

Marlena fragte leise: »Und es geht Marie wirklich gut?«

Manni nickte. »Ja, sehr gut.«

»Sag ihr doch«, bat Marlena, »ich würde mich freuen, wenn sie mich mal anrufen würde.«

»Kein Problem.«

Manni schob seine rechte Hand unter das betonharte Laken und berührte ihre warme Brust. »Sie ruft dich in zehn Minuten an.«

»Ich freue mich«, sagte Marlena.

Mannis Hände spielten mit der zarten Haut unter ihrem seidenem Nachthemd.

XIX

Ändi ließ den Artikel über Schumachers Ende auf den Couchtisch sinken. Majti räumte gerade die Reste des Frühstücks weg, und Marie stand mit einem Funktelefon am Ohr auf dem Flur hinter der halbgeöffneten Tür. Manni steckte sich eine Zigarette an.

»Hier steht, Kommissar Schumacher hätte sich seit einem Jahr vorwiegend um das organisierte Verbrechen gekümmert«, sagte Ändi nachdenklich.

Manni zuckte mit den Schultern. »Das hab ich auch erst eben bei Marlena aus dem Express erfahren.«

»Der Tenor des ganzen Geschreibsels ist, daß Schumacher wohl dem Anschlag irgendeiner Mafia zum Opfer gefallen ist.«

Manni nickte. »Vielleicht war's ja auch so«, sagte er, »vielleicht hatten wir gar nichts mit der Sache zu tun.«

»Dafür spräche natürlich«, sagte Ändi langsam, »daß mit keiner Silbe ein möglicher Zusammenhang zwischen dem Attentat und der Bombe in Charlys Auto angedeutet wird.«

»Bliebe nur der Russe, der bei uns eingebrochen ist«, konstatierte Manni, »und den du bis zum Hyatt verfolgt hast.«

»Vielleicht war er wirklich nur ein stinknormaler Einbrecher«, sagte Ändi.

Manni nahm den Express auf, schaute sich die Fotos an.

Auf einem stieg ein Mann aus einem weißen Rolls-Royce Silver Shadow, ein anderer mit Aktenkoffer half ihm dabei, hatte die Hand in seiner Achselhöhle. Der eine Mann hatte einen schwarzen Balken vor den Augen, der andere nicht. Der ohne Balken war der Strafverteidiger Reinhold Lindenstock, der mit Balken Sergej B. (43) aus M. Beide gerade auf dem Weg zur Staatsanwaltschaft, wo man den Russen anschließend eine Stunde verhörte und aufgrund eines hieb- und stichfesten Alibis wieder laufen lassen mußte.

»Hast du das hier auch gesehen?« fragte Manni.

»Ja«, antwortete Ändi. »Wahrscheinlich haben sie diesen Sergej verhört, weil Kommissar Schumacher sich intensiv mit dessen Machenschaften beschäftigt hatte.«

Manni nickte langsam. Und Marie streckte ihm das schnurlose Telefon aus dem Türrahmen entgegen.

»Willst du noch mal mit Mama sprechen?«

Manni nahm ihr den Hörer aus der Hand.

»Bis morgen, Süße«, sagte er. »Ich rufe dich nach der Visite an, ciao-ciao.«

Marie nahm das Telefon wieder an sich und verschwand damit auf dem Flur.

»Was steht an?« wollte Ändi wissen.

»Phantasialand bei Brühl«, sagte Manni.

»Wie soll's abgehen?«

»Gewaltig.«

»Ich meine ... «

»Klar«, winkte Manni, »ist nur'n Joke gewesen.«

Er kratzte sich kurz am Kopf.

»Du gehst runter auf die Straße«, schlug er vor, »und schaust dir die nähere Umgebung an. Fünf Minuten später kommen wir runter und gehen in Richtung Bahnhof. Du tust so, als ob du uns nicht kennen würdest und klärst mit deinen Adleraugen, ob sich irgendwer für uns interessiert. Wenn alles bingo ist, pickst du uns an der Rechtsabbiegerampel zum Rheinufertunnel mit dem Golf auf.«

Ändi nickte. »Du lernst schnell«, sagte er anerkennend.

»Was bleibt einem denn anderes übrig«, sagte Manni, »wenn man heutzutage überleben will?«

Und das war nicht nur ironisch gemeint.

Sie fuhren durch eine alte Silbermine, danach zehn Runden mit der kleinen Achterbahn und sechzehn mit der großen, sie besuchten die Flipper-Show, spazierten um den Märchensee, aßen Eis, Fritten, Zuckerwatte und Nasi Goreng, ließen sich durch Raum und Zeit beamen und auf der Wildwasserbahn dreimal hintereinander von der Bugwelle duschen. Sie besuchten die Vorstellung eines chinesischen Puppenballetts und eine Playback-Show.

Ändi und Marie konnten nicht genug von den ganzen Spektakeln kriegen. Manni dagegen mußte in regelmäßigen Abständen an einer der vielen Buden ein schnelles Kölsch zischen, um nicht in der Flut der Reize abzusaufen.

Und eigentlich hätte Marie nach diesem Tag um acht Uhr abends totmüde ins Langsche Suitenbett fallen müssen.

Manni las ihr *Michel aus Lönneberga* vor, den ersten Streich, den zweiten, den dritten ... Um Viertel vor neun hatte er das ganze Buch vorgelesen, und Majti steckte verabredungsgemäß den Kopf zur Tür hinein. Doch Manni winkte ab und blickte Marie streng an.

»Hör zu, Kleine«, sagte er, »du schläfst jetzt sofort ein, verstanden!«

»Ich will ja einschlafen«, schmollte Marie, »ich kann aber nicht.«

»Du mußt«, sagte Manni.

»Und wie geht das?«

»Du sagst ›Tschüs, schöner Tag‹, machst die Augen zu und weg bist du.«

»Das hab ich schon versucht.«

Die Zeit lief ihm davon, und Manni war unruhig. Er kannte das genau: Wenn man unbedingt wollte, daß das Kind einschlief, dann spürte es, daß etwas in der Luft lag, und schlief erst recht nicht ein.

»Dann versuchst du's eben noch mal«, ritt Don Quichotte eine erneute Attacke gegen die Windmühlen der kindlichen Psyche.

»Ich habe aber Angst.«

Das war natürlich ein Volltreffer. Dieses kleine Biest! Angst! Sie spürte seine Angst. Und wußte, so konnte sie ihn kriegen. Und sie hatte ihn ja schon.

»Marie«, ging er in die Offensive, »Ändi und ich müssen gleich etwas erledigen. Etwas ganz ganz Wichtiges. Und Majti wird eine Stunde auf dich aufpassen.«

»Nein«, sagte Marie, »dann brülle ich.«

Neun Uhr. Scheiße. In einer halben Stunde mußte er im Maritim und Ändi unter der Hochtrasse der Dreizehn Ecke Neusser/ Gürtel sein.

»Das wirst du nicht tun!«

»Doch. Soll ich schon mal anfangen?«

Marie, Marie ...

»Bloß nicht!«

»Ich will zu meiner Mama«, sagte sie, und Tränen begannen zu kullern, »bring mich jetzt zu ihr.«

»Das geht nicht!« Manni beherrschte sich nur noch mühsam. »Deine Mama liegt im Krankenhaus!«

»Dann will ich bei Laura schlafen!«

»Das geht doch nicht!«

»Warum nicht?«

»Weil Laura bestimmt schon schläft.« Und Manni ergänzte mit pädagogischer Brillanz: »Wie alle anderen Kinder in deinem Alter um diese Uhrzeit auch.«

»Dann schreie ich jetzt so laut, daß die Polizei kommt.«

Manni sah sie an, mit äußerst gemischten Gefühlen.

»Warte damit«, sagte er. Ihm war einerseits klar, daß jetzt eigentlich eines der seltenen Donnerwetter angesagt wäre, andererseits jedoch wußte er, daß das die Situation völlig vermasselt hätte.

Er rannte an Ändi, der im Vorzimmer auf dem Sofa saß und im Prospekt eines Reiseunternehmens blätterte, vorbei auf den Flur, brach unangemeldet den Hausfrieden des Langschen Privatbereichs und riß das Funktelefon von der Wandhalterung.

»Sorry«, sagte er kurzangebunden zu dem händchenhaltenden Pärchen in der Ledergarnitur, stellte sich auf den Flur, zückte sein Notizbuch, blätterte und wählte eine Nummer. »'n Abend, Karla«, hetzte er los, als sich endlich jemand am anderen Ende der Leitung gemeldet hatte, »du bist doch immer knapp bei Kasse, ne? Hör zu! Kann ich Marie gleich für zwei Stunden vorbeibringen? Klar, kann ich mir denken, daß Laura schon schläft... Trotzdem. Kriegst auch 'nen Hunderter für.«

Stille, dann atmete er erleichtert auf.

»Bis gleich«, sagte er. »Danke.«

Er hängte das Gerät wieder in die Halterung, schloß die Tür und kehrte in die Suite zurück.

»Es geht los«, rief er Ändi en passant zu, »wir bringen Marie zu ihrer Freundin!«

Und schon hatte er einen Jogginganzug aus Maries Depot gefischt und das Kind auf die Matratze gestellt.

»Was ist los?« fragte die Kleine verwundert.

»Du schläfst bei Laura.«

»Toll«, sagte Marie und verwechselte vor Freude gleich die Matratze mit einem Trampolin.

»Schluß!« bestimmte Manni und zog den Jogginganzug über ihren verbockten Körper und über ihren Pippi-Langstrumpf-Schlafanzug.

»Du mußt jetzt vernünftig sein«, versuchte er sein rüdes Verhalten zu relativieren, »denn wenn das nicht klappt, was Ändi und ich gleich vorhaben, dann können wir morgen nicht mit Mama zu Oma und Opa nach Italien fahren.«

»Mußt du die Fahrkarten kaufen? Jetzt gleich?«

Manni lächelte, während er ihre Füße in den Turnschühchen verschnürte.

»Nein«, sagte Manni, »die kaufen wir erst morgen.«

Der Golf stoppte in der Kasparstraße vor Haus Nr. 62. Manni trug die vor Abenteuerlust quiekende Marie zur Haustür und schellte bei Laura & Karla Hagesterz.

Das Schloß klackte auf, und sie waren im Treppenhaus. Alle seine Bekannten wohnten immer auf den jeweils höchstmöglichen Etagen, das heißt natürlich nur die, die in Häusern ohne Aufzug lebten, alleinerziehende Mütter sowieso. Damit so kleine Gefälligkeiten, wie grad mal zwei Kästen Volvic und zwei Kästen Malzbier hochtragen auch immer schön zu einer schweißtreibenden Aktion ausarteten.

Vierter Stock. Schnaufend brach Manni Reinold Messners K2-Rekord, und Karla stand vor ihnen in der Wohnungstür.

»Ich darf bei Laura schlafen!« verkündete Marie hocherfreut, worauf Manni einen fragenden Blick aus tiefen Augen erntete.

»Das war zwar so nicht abgesprochen ...« sagte Karla und blies sich mit geschickter Unterlippenverkrümmung eine hennagefärbte Locke aus der Stirn, wohin sie gleich wieder zurückklappte.

»Ich hole sie in zwei Stunden wieder ab«, sagte Manni, womit er sich bei Marie unbeliebt gemacht hatte.

»Aber du hast doch gesagt ... ?«

Karla verhinderte ein erneutes Drama.

»Du kannst gerne hier schlafen, Marie«, sagte sie zu Marie, und zu Manni, »du kannst ja in zwei Stunden mal anrufen, ob alles okay ist.«

»Prima Idee«, sagte Manni, küßte Marie von oben kurz auf die Schädeldecke und war schon wieder auf dem Abstieg.

Karla schaute ihm etwas befremdet hinterher, und Marie hatte sich blitzartig an ihr vorbei in die Wohnung geschlängelt, um schleunigst zu überprüfen, ob Laura denn wirklich schon schlief.

XX

Es war exakt eine Minute vor halb zehn, als Manni durch die imposante Empfangshalle des Maritim-Hotels hetzte. Rechts in den Kneipen, Bars und Restaurants saßen noch einige Gäste. Er erreichte den Rezeptionstresen, und seine Stimme übergoß die junge Frau, die am Computer hockte, wie ein Wasserfall: »Ich habe einen Termin bei Doktor ...«

»Sie sind Herr Thielen?« drehte ihm die naturblonde Empfangsdame knallhart den Hahn ab. Sie fixierte ihn so eindringlich, als hätte sie gerade seine detaillierte Personenbeschreibung auf ihrer Festplatte abgespeichert, und so interessiert, als stünde Rex Gildo in Mannis Stiefel vor ihr.

»Ja«, sagte Manni gefaßt, »der bin ich.«

Die junge Frau erhob sich und trat zu ihm vor den Tresen.

»Sie werden bereits erwartet, Herr Thielen«, sagte sie. Sie hatte eine tadellose Figur und entsprechendes Make-up im Gesicht. Sie trug einen dunkelblauen, dezent zwischen Knien und Enkeln gesäumten Rock, eine blau-weiß längsgestreifte Bluse mit genügend Spielraum für infantile und maskuline Phantasien, und eine Art Schal oder Halstuch, passend in dunkelblau. Alles wie aus dem Ei gepellt.

»Würden Sie mir bitte folgen?« drang es höflich aus ihren programmierten Lippen.

»Wohin Sie wollen, gnädiges Fräulein«, versuchte sich Manni im Charme eines männlichen Messebesuchers. Und kassierte dafür ein Lächeln, das ihn splitternackt im Graupelschauer stehen ließ.

Er lächelte zurück wie ein Spieler, der zum dritten Mal die Option auf die Erbschaft seiner Lieblingstante, die sich noch bester Gesundheit erfreute, verzockt hatte, und steckte die Hände in die Taschen seiner Lederjacke. Die junge Dame schob eine Kennkarte in den Schlitz neben dem Aufzug, dessen Tür sich sogleich öffnete. Manni trat hinter ihr ein, und das gläserne Designerobjekt hob ab in Richtung oberste Etage.

Mannis Hand umschloß die Handgranate in seiner Tasche, sein Ellenbogen drückte gegen das Metall der russischen Pistole, die im

Halfter unter seiner Schulter klemmte. Und die junge Frau sah ihn an, als ob sie all dies genau wüßte. Bestimmt hatte sie es faustdick hinter ihren Cartier-Ohrclips.

Das Parfum, das sie aufgelegt hatte, kam in der engen Zelle voll zur Entfaltung. Es hatte etwas Verruchtes, etwas, das Männer in Sekundenschnelle zu Neandertalern re-evolutionieren ließ. Wahrscheinlich bestand es zu einem minimalen, aber entscheidendem Teil aus Sekreten, die man der Vagina eines brunftigen Mammutweibchens abgerungen hatte, via Gentechnik. Und unter all den Spießerklamotten trug die Süße garantiert einen schwarzen Lederbody mit Eingriffmöglichkeiten in alle erdenklichen Nischen. Megascharf. Laß den Scheiß, alter Junge. Du bist glücklich verheiratet. Und hast eine süße Tochter, von der du dich erst vor gut zehn Minuten unter recht widrigen Umständen verabschiedet hast. Aber das machen wir wieder gut, mit einer Barbie oder so was. Und Karla kriegt neben dem Hunderter noch 'n kleines Lappöhrchen in Schampusflaschenform.

»Wohnt Doktor Reuter schon lange hier bei euch in der Hütte?« schoß sich Manni endlich auf das ein, was ihm nun bevorstand.

»Bedaure«, erwiderte die Dame vom Empfang freundlich, »unsere Gäste genießen den Schutz äußerster Diskretion.«

»Aha«, gab Manni zurück. »Gut zu wissen.«

»Nicht wahr?« Welch ein Lächeln!

Sie ging vor und stoppte an der Tür, vor der Manni kürzlich schon mal mit einem piekfeinen Schnösel gestanden hatte.

Und jener Schnösel öffnete auch, nachdem die Rezeptionistin zurückhaltend gegen das massive Holz gepocht hatte.

»Treten Sie ein, Herr Thielen«, sagte er und machte den Weg zum Inneren der Suite frei.

Hätte sich Manni vor einer Woche auch nicht träumen lassen, zwischen den Suiten der Kölner Luxusherbergen hin und her zu pendeln, mit dieser Selbstverständlichkeit.

Ein typisches Big-Spender-Kopfnicken verabschiedete seine charmante Ein-Frau-Eskorte, und Manni betrat mit aufgepumptem Brustkorb den Living-Room.

Doktor Reuter schaute vom blauschimmernden Bildschirm eines Notebooks, das auf dem kleinen Sekretär stand, auf und erhob sich mit einem jovialen Lächeln zwischen den Falten in seinem Gesicht.

»Grüß Sie, Herr Thielen«, sagte er und streckte Manni die Hand entgegen.

Manni nahm die rechte Hand von der Handgranate in seiner Jackentasche und reichte sie ihm. Die Hand.

»'n Abend, Herr Doktor.«

»Alles klar?« fragte der Boß des organisierten Verbrechens.

»Fast«, erwiderte Manni, »mein Partner hat mich erst vor gut fünf Minuten hier abgesetzt, er wird mit etwas Verspätung am Treffpunkt erscheinen.«

»Das macht nichts«, beruhigte ihn der Doc, »meine Männer haben Geduld.«

»Einen dreifachen mittelalten irischen Whiskey auf zwei Ice-Rocks?« wollte der Schnösel aus dem Türrahmen wissen.

»Bevor ich mich schlagen lasse«, erwiderte Manni und kam Docs einladender Geste nach, es sich doch in der Ledergarnitur bequem zu machen.

Der Doc blieb stehen, legte seine Hände auf seinem Hintern ineinander und sah Manni an.

»Zu Hause alles in Ordnung? Alles gesund?«

»So gut wie«, gab Manni zurück, »und bei Ihnen?«

»Auch soweit ...« Mit der flapsigen Gegenfrage hatte er offensichtlich nicht gerechnet.

»Wie geht's Ihrer Lucia?« fragte Manni ehrlich und menschlich interessiert. »Sie heißt doch Lucia, oder?«

»Ja«, sagte der Doc kaum vernehmbar, und ein Schatten fiel über sein Gesicht. »Sie hieß Lucia.«

Schlagartig dominierte eine lähmende Sprachlosigkeit die Atmosphäre des Raums. Und sie löste sich auch nicht auf, als der schnieke Jungmann den auch diesmal wieder perfekt bereiteten Drink nebst einer unverlangten, aber herzlich willkommenen, ebenso liebevoll wie zwei Abende zuvor dargebotenen Packung Gauloises Blondes vor Manni auf dem Couchtisch drapierte.

Und als der Schnösel die Tür leise hinter sich ins Schloß gezogen hatte, sagte Manni: »Sorry.«

»Schon gut«, erwiderte Dr. Reuter kontrolliert, bevor er einer längeren Pause den Satz folgen ließ: »Ich hoffe, es geht ihr gut.«

Er hatte sie geliebt. Und er liebte sie noch immer. Das sah Manni ihm an. Jeder hätte es ihm angesehen.

Doktor Reuters Gesichtshaut straffte sich endlich und sein Oberkörper wandte sich dem Wandschrank zu.

»Ich schlage vor, uns dem geschäftlichen Teil des Abends zuzuwenden«, sagte er, und Manni spürte, daß sich der Doc selbst verfluchte, jene naheliegende Gegenfrage bei ihm provoziert zu haben. Trotzdem wollte Manni es wissen.

»Sie sind nicht mehr mit ihr zusammen?«

Der Doc versenkte seinen Blick für Momente im Teppichboden. Dann erst schaute er in Mannis Augen und fragte mit fester Stimme: »Würden Sie es einer dreiundzwanzigjährigen bildhübschen Frau zumuten, sieben Jahre auf den Geliebten zu warten?«

»Nein«, sagte Manni, »zeigen Sie mir lieber das Geld.«

Doktor Reuter sah ihn an. Da war etwas in seinem Blick. Wärme. Sympathie. Und ein Zögern, ein Zweifel.

Doch dann hob er entschlossen die Hand, um den Wandschrank zu öffnen. Als das mobile Telefon schellte.

Der Doc nahm den Hörer von der transportablen Basis, lauschte einen Moment, reichte den Hörer dann an Manni weiter und holte einen Sportlerrucksack aus dem Suitenschrank hervor.

»Ändi?« sagte Manni. »Alles klar? Bingo ... Bei mir?«

Er schaute zum Doc, der Geldscheinbündel aus dem Rucksack nahm und auf dem Couchtisch stapelte.

»Bei mir ist auch alles bingo«, sagte er in die Sprechmuschel. »Mach's gut. Ciao.«

Er legte auf und begann, das Geld zu zählen. Er hatte noch nie zweihundertfünfzigtausend Mark auf einen Haufen gesehen. Und gezählt erst recht nicht. Seine Finger waren zu trocken, er nippte am Whiskey, tunkte dann Daumen und Zeigefinger hinein und blätterte weiter die Geldscheine durch. Jeweils zehntausend legte er auf einen Stapel. Der Doc setzte sich wieder zu seinem Notebook und vervollständigte irgendwelche Tabellen.

Beim zwölften Stapel blickte der Schnösel wieder zur Tür hinein.

»Noch irgendeinen Wunsch, Herr Thielen?«

»Nein«, erwiderte Manni, »ich bin bedient.« Und machte sich an den dreizehnten Zehntausender.

Der Schnösel verschwand, und der Doc sagte: »Sie können gern den Fernseher dabei anmachen.«

Manni nahm die Fernbedienung und hopste sich bis zum MTV vor. U2, so far so close. Bono turnte in Schwarzweiß auf dem Dach der Berliner Friedensäule herum. Der Idiot. Und das auch noch für Wim Wenders.

Das Telefon schellte, und der Doc nahm ab. Wieder lauschte er, wieder reichte er Manni den Hörer.

»Wunderbar«, sagte Manni, nachdem er einen Moment zugehört hatte. »Okay. Laß unten von der Rezeption aus anrufen, ich komme dann sofort runter.«

Er legte auf, benetzte sich die Lippen mit mittelaltem irischen Whiskey, badete seine Fingerkuppen darin, blätterte zählend und stapelte.

Er ließ sich Zeit. Ändi würde bestimmt eine gute halbe Stunde brauchen. Er schaute auf seine Armbanduhr. Gleich halb elf. Ob Marie wohl schon schlief? Oder hatte sie Laura wachgerüttelt, und die beiden Mäuse kuschelten unter der Bettdecke noch mit ihren Knuddeltierchen?

Um Punkt elf hatte Manni seine fünfundzwanzig Stapel fertig und schaute erhaben über sein Imperium.

»War der Rucksack inklusive?« fragte er den Doc, der kurz lächelte.

»Selbstverständlich.«

Manni verstaute zwölfeinhalb Stapel in den beiden Außentaschen und die anderen im Inneren des Rucksacks. Und als er die Verschlußschnur festzurrte, schellte das Telefon. Same procedure as ...

»Ich komme runter«, sagte Manni und legte auf. Der Doc erhob sich von dem Sekretär.

»Vielen Dank«, sagte Manni.

»Ich habe zu danken«, sagte der Doc artig, und fügte erläuternd hinzu: »Sie haben mir Top-Waffen zu einem Top-Preis überlassen, und zudem haben Sie mir geholfen, dem selbsternannten Herrscher über ein Reich, zu dem ich nicht die besten diplomatischen Beziehungen pflege, eine größere Zacke aus der Krone zu brechen.«

»Sergej Barischov ... «

Der Doc schwieg. Manni nickte und reichte ihm die rechte Hand. Der Doc umschloß sie mit der seinen, und eine eisige Kälte kroch zu Manni herüber.

»Dann bis zum nächsten Mal«, sagte Manni kurzangebunden und zog den Rucksack über seine Schultern.

»Auf Wiedersehn, Herr Thielen«, sagte der Doc. Und sein Blick sagte, daß dies wohl eines Tages auch geschehen würde.

Plötzlich hatte Manni Angst vor ihm. War der ganze Deal nicht viel zu glatt über die Bühne gegangen? Der Doc hätte ihn doch ganz leicht linken, oder wenigstens den Preis um die Hälfte drükken können. Was hätte ein kleines Würstchen wie Manni Thielen schon gegen den großen Doc ausrichten können? Jetzt, wo es auch keinen Charly mehr gab, und keinen Oberkommissar Schumacher ...

Manni zog die Handgranate aus der Tasche und zeigte sie dem Doc.

»Ich brauche ja nicht zu betonen«, sagte er, »daß ich für mich und meinen Partner gern freies Geleit hätte.«

»Dafür garantiere ich«, sagte Doktor Reuter völlig ungerührt.

XXI

Der Golf kam mit den linken Rädern auf dem Bürgersteig am Altermarkt zum Stehen. Ändi machte den Motor aus und sah Manni an. Es war furchtbar. Sie würden beide einsam sein, ohne einander. Das spürten sie. Und das machte ihnen angst. Jedem auf seine Art.

Manni haßte solche Stimmungen und zog, um sie zu beenden, den Fehlschuß von der Bingo-Grube hervor, auf dem der schräge Ändi abgelichtet war. Er zückte den Kuli, den er eben im Martim hatte mitgehen lassen, setzte ihn auf der Rückseite des Polaroids an und verlangte: »Deine Nummer.«

»Ich weiß nicht«, sagte Ändi mit belegter Stimme, »ob es gut ist, wenn du meine Nummer mit dir herumträgst. Ich meine, falls dir ...«

Er brach ab und legte eine Hand um Mannis Nacken.

»Keine Sorge«, sagte Manni, »ich hab einen Code, noch aus der Bingozeit.«

»Was für einen Code?«

»Einen Super-Code speziell für Telefonnummern«, erläuterte Manni. »Paß auf! Das B ist in Bingo der erste Buchstabe im Alphabet, also auch die erste Ziffer der Nummer, das G ist der zweite im Alphabet, aber in Bingo der vierte, das heißt ...«

»Okay«, winkte Ändi geschlagen lächend ab und diktierte ihm seine Warschauer Telefonnummer, die Mannis sich in völlig verdrehter Reihenfolge auf der Rückseite des Fotos notierte. »Ruf aber erst in zwei Wochen an«, sagte Ändi.

»Warum?«

»Wenn ich Irina wirklich in Mannheim freikaufen kann, starten wir gleich Richtung Airport Frankfurt durch und nehmen einen Jet nach Los Angeles«, erklärte Ändi. »Wir haben einen Onkel in Santa Barbara.«

»Schön«, sagte Manni.

»Irina soll erst mal auf andere Gedanken kommen.«

Manni sah ihn an. »Ist nicht verkehrt, einen Bruder wie dich zu haben.«

Den Satz hatte Manni eigentlich so dahergeplappert, als flachsende Floskel, bei Ändi jedoch löste er mehr aus als ein gebauchpinseltes Lächeln. Er sah ihn an, legte die Arme um Mannis Rükken und drückte ihn an seine Brust, wie er es schon zweimal während der letzten Tage getan hatte.

»Hast du«, flüsterte er.

Oh Gott. Mannis Körper begann zu beben. Er riß sich los, blickte hilflos in Ändis hellblaue Augen. Seine Sinne ertranken. Wie sollte er aus diesem Strudel wieder rauskommen? Endlich offenbarte sich ihm das Ende eines Strohhalms knapp unter der Wasseroberfläche.

»Du hast doch zwei Kopien von Irinas Foto gemacht«, legte er hastig einen Rettungsring um seine Seele, »als wir noch dachten, der Doc ...«

Ändis unmittelbarer Griff in seine Jackentasche ließ ihn verstummen. Manni nahm das Foto von Ändis bezaubernder Schwester dankbar in Empfang, schaute es an und sagte: »Wenn es nicht klappt in Mannheim, kommst du mit uns in die Abruzzen, okay?«

»Ja«, sagte Ändi. »Vielleicht weiß ich das schon morgen früh.«

»Dann komm gleich wieder zurück nach Köln!«

»Und wo sollte ich morgen nach dir suchen?« fragte Ändi und lächelte melancholisch besorgt.

Manni überlegte. »Gute Frage ...«

Dann trumpfte er mit der Lösung auf: »Um fünf Uhr am Nachmittag holen Marie und ich Marlena aus dem Krankenhaus ab!«

Ändi zuckte mit den Schultern. »Vielleicht schwebe ich dann schon über den Wolken.«

»Ich würd's dir wünschen, ehrlich.«

Manni umfaßte den Türgriff.

»Und grüß moje Sloneczko von mir«, sagte Ändi noch.

»Mach ich.« Manni bekam Platzangst in dem Wagen. Raus und weg, ein paar Tränen verdrücken und dem Leben entgegen.

Er umarmte Ändi und stieg aus.

»Danke«, sagte Ändi.

»Wir sehen uns«, bestimmte Manni, stieg aus und ging auf die Telefonzellen neben dem Taxistand zu. Er hörte den Motor des Golfs anspringen, er hörte das Standgas, er hörte, wie ein Gang eingelegt wurde, er hörte, wie der Wagen losfuhr. Manni drehte sich nicht mehr um, sah ihm nicht hinterher. Und dann hatte der allgemeine Lärmpegel der nächtlichen City das Geräusch des davonfahrenden Autos geschluckt. Und Manni machte sich eine Zigarette an. Er spürte einen stechenden Schmerz im Magen, und er spürte die gebündelten Banknoten in seinen Stiefeln. Der Rucksack baumelte leer auf seinem Rücken. Sie würden sich wiedersehen, Ändi und er, und Marie und Marlena und Irina. Vielleicht sollten sie alle fünf zusammen eine Kombination aus polnischer Wodkabrennerei und kölschem Brauhaus in den Abruzzen hochziehen. Mit Irina und Marlena als Bedienungen würde sich das halbe männliche Italien freiwillig dem Suff hingeben, nur um sich für Sekunden ihren dankbaren Blick bei der Ablieferung des Trinkgeldes zu erkaufen. Und Marie würde den Nachbarkindern im Biergarten Bläck-Fööss-Lieder beibringen.

Manni betrat eine der Telefonzellen und tippte Karlas Nummer. Niemand hob ab. Er mußte sich verwählt haben. Hastig fingerte er sein Notizbuch aus der Westentasche und schlug nach. Aber das war doch die Nummer, die er eben ... Er hackte im Stakkato auf die Gabel, wartete mit sich steigernder Ungeduld das Freizeichen ab und wählte noch mal. Karla ging auch diesmal nicht an den Apparat. Aber es war doch ihr Vorschlag gewesen, daß Manni sich in zwei Stunden melden und nachfragen sollte, ob alles in Ordnung sei, und ob sie Marie morgen mit Laura zusammen in den Kindergarten bringen sollte. Manni sah auf seine Uhr. Es war genau vierzehn Minuten nach elf, und vor exakt einhundertneunzehn Minuten hatte er Marie im Innern von Laura & Karla Hagesterz' Wohnung verschwinden sehen. Das Tuten aus dem Telefonhörer wurde zum Preßlufthammer, der sich durch die Wand am Ende seines Gehörgangs den direkten Weg zur Panikschmiede seines Großhirns freiratterte.

Manni ließ den Hörer aus der Hand rutschen und sprang in das erste Taxi in der Schlange der wartenden Droschken.

»Kaspar zweiundsechzig«, rief er dem Fahrer schon beim Einsteigen hinten links entgegen und riß die Tür ins Schloß.

John Glenn hatte nicht so lange gebraucht, um die Erde zum ersten Mal zu umkreisen. In den acht Minuten, bis der Fahrer den Motor seiner Taxe, nach perfekter Fahrt über die perfekte Route, im Agnesviertel auskuppelte, starb Manni noch mal ganz detailliert alle Tode seiner Vorfahren, bis ins finsterste Mittelalter zurück.

Er warf einen Fünfziger über die Lehne auf den Beifahrersitz und stürmte auf die Haustür zu. Sie war nur angelehnt. Dem ersten Stock entgegen. War da nicht eine Menge Lack an der Nut neben dem Haustürschloß abgesplittert gewesen?

Drei Stufen auf einmal. Zweiter Stock, dritter und er bummerte gegen die Tür der beiden Hagesterze.

Nichts.

Gegen das Gedröhn in seinen Ohren hatte kein denkbares Signal der Außenwelt auch nur die geringste Chance. Und schon gar nicht ein leises menschliches Gewinsel, das bemüht war, sich seinen Weg durch die Türritze ins Treppenhaus zu bahnen.

Manni wich zurück, bis sein Rücken an die Flurwand stieß, und setzte all seine Kraft und Technik ein, die er sich während achtjähriger Zugehörigkeit zur Jugendabteilung des Fußballclubs SC West angeeignet hatte. Ein Anlauf, ein Tritt, und zwölftausend Mark waren aus seinem linken Stiefelschaft gerutscht. Aber die Wohnungstür war offen. Einen Spalt weit.

Manni hatte Karla sehr weh getan, als sein Fuß den zweifach verschlossenen Zylinder aus der Nut hatte krachen lassen. Denn das aufberstende Türblatt hatte ihren verkrümmt auf dem Teppichboden liegenden Körper gut zwanzig Zentimeter zurück in den Wohnugsflur befördert.

Ein kurzer Blick in ihre angstverzerrten Augen genügte.

»Marieeee ... !!!« Es war der Todesschrei eines wilden Tieres.

Manni rannte zum Kinderzimmer, drückte die Klinke. Sie war verschlossen. Wie besessen rappelte er daran, und dann erst registrierte er, daß der Schlüssel steckte. Er drehte ihn und sprang in den Raum. Laura lag im Bett, ebenso wie ihre Mutter mit beigem PVC-Packband fachgerecht verschnürt und geknebelt.

Von Marie keine Spur.

Manni klappte sein Offiziersmesser auf, zerschnitt Lauras Fesseln und zog vorsichtig den Streifen, den sie ihr über den Mund geklebt hatten, von ihrer zarten Gesichtshaut ab. Zuckend fiel das Mädchen um seinen Hals und röchelte weinend vor sich hin. Manni nahm sie in seine Arme, trug sie zur Wohnungstür und befreite ihre Mutter. »Ma... ma, Ma... hah... ma ...«, weinte Laura nach Atem ringend. Und Karla erhob sich langsam, übernahm das Kind und vergrub dessen Kopf in ihrer Schulter.

»Wo ist Marie?« fragte Manni leise. Es fehlte nicht mehr viel und sein Körper hätte sich atomisiert im Universum verteilt.

Karla weinte.

»Wo ist Marie?«

Karla wankte vor ihm in die Küche und nickte zu einem braunen DIN-A5-Kuvert, das auf dem Tisch lag. Mannis Hände nahmen es auf, seine Augen registrierten seinen Namen darauf. Er riß es auf und zog ein zusammengefaltetes Blatt hervor. Und er las die mit Laserdrucker perfekt gesetzten Worte:

»Wir haben Ihre Tochter. Sie bekommen das Kind zurück, wenn wir die Waffen wiederhaben, die Charly Schröder uns gestohlen hat. Kontaktaufnahme morgen mittag 12 Uhr im La Strada.«

Manni schaute auf. Er war allein in der Küche.

Karla und Laura trösteten sich gegenseitig im Kinderzimmer. Manni verließ die Wohnung, hob die Geldscheine auf, die beim Eintreten der Tür aus seinem Stiefel gerutscht waren, steckte zwei Scheine in Karlas Briefschlitz und den Rest in seinen linken Stiefel.

Er ging die Treppenstufen runter. Er verließ das Haus. Er sah einen Starkstromkasten an einer Wand. Und setzte sich darauf. Er schlug die Hände vor sein Gesicht und weinte hemmungslos.

XXII

Um sechzehn Minuten vor Mitternacht war kein Tropfen Flüssigkeit mehr in Manni, der zu Tränen hätte weiterverarbeitet werden können. Und eine Ruhe war in ihm. Eine Ruhe, die ihm fast angst machte. Aber darüber konnte er sich zu einem späteren Zeitpunkt noch ausreichend Gedanken machen. Jetzt standen wichtigere Dinge auf der Nachtordnung. Er machte sich eine Zigarette an und ordnete die Akten unter seiner Hirnhaut. Sergej Barischov hatte Marie entführt und wollte die ihm von Charly abgelinkte Waffenlieferung gegen sie eintauschen. Also mußte Manni schleunigst mit dem Doc sprechen und das Geschäft annullieren. Aber die Hälfte des Geldes war mit Ändi auf der Autobahn Richtung Mannheim unterwegs. Und ein Mann wie der Doc ließ eine so heiße Ladung nicht ein paar Wochen in seiner Vorratskammer anschimmeln. Wahrscheinlich waren die Waffen schon zu dem Kunden unterwegs, dem der Doc dafür das Drei- oder Vierfache von Mannis Preis in Rechnung stellte. Es sah nicht gut aus. Aber er mußte es versuchen. Marie durfte kein Haar gekrümmt werden.

Moje Sloneczko. Meine Sonne.

Wenn Ändi doch bloß noch bei ihm wäre.

Aber er war allein. So allein wie erst einmal in seinem bisherigen Leben. Gut dreißig Jahre war das jetzt her. Damals war er durch das zersplitterte Wagenfenster gekrochen und hatte seine tote Mutter neben dem völlig demolierten Auto liegen sehen. Und sein Vater drückte ihm die Hand, als er über der Lenksäule, die sich in seine Brust gebohrt hatte, zusammensackte. Später war der Notarzt eingetroffen. Er hatte die Finger seines Vaters einzeln brechen müssen, um Mannis Händchen aus dem erstarrten Griff zu befreien.

Damals war er ziemlich genauso alt gewesen, wie Marie jetzt war.

Was in aller Welt sollte er Marlena bloß sagen? Wegen hundertfünfundzwanzigtausend Mark hatte er Maries Leben auf's Spiel gesetzt! Warum hatte er sie nicht einfach mit ins Maritim genommen? Der Doc hätte wahrscheinlich noch nicht mal was dagegen gehabt. Aber die Idee war ihm vor drei Stunden einfach nicht gekommen, verdammt.

Nichts würde er Marlena sagen. Bis Marie wieder aufgetaucht war. Er mußte sie finden. Und er würde sie finden. Noch heute nacht.

Er erhob sich von dem Starkstromkasten und ging zu den öffentlichen Telefonen unten am Ebertplatz. Er wählte die Nummer vom Friesenhöttchen, und der Wirt hob ab.

»Schang«, sagte Manni ruhig, »hier ist Manni. Ruf bitte den Doc an und sag ihm, ich müßte ihn dringend sprechen. Meine Tochter ist in Gefahr.«

»Oh nein ...« drang es geschockt vom anderen Ende der Leitung rüber, unterlegt von dem klirrenden Geräusch der Gläser und jaulenden Besoffenen.

»Ruf in fünf Minuten noch mal an.«

»Okay.« Manni hängte ein.

Er hatte noch gar nicht mit Karla gesprochen. Wie die Typen aussahen, die bei ihr eingebrochen waren, und ob sie die Polizei verständigen sollte ... Aber Laura & Karla Hagesterz hatten genug durchgemacht wegen ihm und seiner Geldgeilheit. Morgen würde er sie anrufen. Und wenn Karla die Bullen gerufen hatte, dann war daran jetzt auch nichts mehr zu ändern.

Er blätterte in seinem Notizbuch und die Visitenkarte vom Kripo-Köhler fiel heraus. Ein Wink mit einem Pfahl vom Zaun des Schicksalsgartens? Sollte er Köhler wirklich anrufen? Was sollte er ihm sagen? Die Wahrheit? Dann ging er selbst für ein paar Jahre in den Bau. Das konnte er Marie und Marlena nicht antun.

Er steckte die Visitenkarte wieder ins Notizbuch zurück.

Wie waren die Typen eigentlich dahinter gekommen, daß er wußte, wo Charly den Schatz gelagert hatte, und daß er ihn zum Kauf angeboten hatte?

Einer mußte geredet haben, einer, der die Waffen gesehen und sich sogar einige Registriernummern notiert hatte. Mit einem abgegriffenen Bleistiftstummel. Die graue Maus, der Spezialist, hatte geredet. Und zuerst vom Doc für seine Expertise, und dann von Sergej für die Information kassiert. So mußte es gelaufen sein.

Manni wählte wieder Schangs Nummer.

»Tut mir leid, Manni«, sagte der Wirt, der nach dem ersten Tuut abgenommen hatte, »ich krieg den Doc nicht.«

»Hast du denn nicht seine Nummer im Maritim?«

»Da hat er keine Nummer«, bedauerte Schang, »er hat nur eine Nummer überhaupt, und die hat er immer bei sich. Sogar wenn er in Bad Neuenahr am Spieltisch sitzt.«

»Verstehe«, sagte Manni. »Versuch's bitte später noch mal, ich melde mich wieder.«

»Mach ich«, sagte Schang. »Es tut mir leid, Manni.«

Manni hängte ein. Vielleicht lag der Doc ja gerade mit zwei Top-Girls im wohltemperierten Whirlpool und dachte mit geschlossenen Augen an seine geliebte Lucia zurück.

Er wählte die Nummer, die auf dem geklauten Kuli stand, und eine ihm flüchtig bekannte Frauenstimme meldete sich mit: »Maritim-Hotel Köln, guten Abend.«

»Hier ist Manfred Thielen«, sagte Manni. »Erinnern Sie sich noch an mich?«

»Ja.« Das kam eher lauernd aus dem Hörer. Wieder so ein Idiot, dessen verbranntes Hirn sich Chancen ausrechnete, ihr irgendwann die Unterwäsche abstreifen zu dürfen?

»Ich muß Doktor Reuter sprechen«, sagte Manni, »es geht um Leben und Tod.«

Schweigen. Dann leise: »Hören Sie, Herr Thielen, eigentlich darf ich Ihnen dieser Art Auskünfte nicht geben, aber Doktor Reuter hat unser Haus vor etwa zwanzig Minuten verlassen.«

»Um welche Uhrzeit pflegt er denn normalerweise wieder zurückzukommen?«

»Hören Sie ... « Abbruch.

»Sagen Sie's mir. Bitte.«

»Er wohnt gar nicht hier«, sagte sie zögernd, »er hat hier nur sein Büro, sozusagen.«

»Und wo wohnt er?«

»Das weiß ich nicht. Ehrlich nicht.«

»Schade«, sagte Manni sehr traurig.

»Herr Thielen?«

»Ja.«

»Ich muß jetzt auflegen, es sind Gäste gekommen.«

»Sicher, sicher ... Legen Sie nur auf.«

Sie legte auf, und Manni hielt den Hörer noch eine Zeitlang an sein Ohr.

Und plötzlich war ihm klar: Nur ein direkter Weg führte zu Marie, der über Sergej Barischov.

Manni holte die beiden Express-Seiten aus der Hintertasche seiner Jeans. Die über Charlys Tod steckte er zusammengefaltet wieder weg, die über Schumi schaute er sich genau an. Und ganz genau das Foto unten rechts. Barischov mit seinem Anwalt vor dem Rolls-Royce. Der schwarze Balken vor den Augen verdeckte eine Menge. Aber was er nicht verdeckte, wirkte ganz passabel. Volle dunkle Haare, gepflegt coiffiert, schmales Gesicht in markantem Kopf, edle Klamotten um die kräftige sportliche Figur. Der Anwalt neben ihm sah auf jeden Fall selbst ohne Balken nicht annähernd so gut aus wie Sergej mit. Staranwalt Reinhold Lindenstock.

Manni schlug im öffentlichen Telefonbuch nach und war erst mal erleichtert, daß man die von ihm gesuchte Seite nicht rausgerissen hatte. Er wählte die Privatnummer des Anwalts. Niemand hob ab. Auch kein Anrufbeantworter lief. Vielleicht nahm er ja in einer der zehntausend Kölner Kneipen oder Bars, die Hand auf dem Oberschenkel einer hübschen Klientin, gepflegt einen zur Brust, aber in welchem Lokal, konnte Manni beim besten Willen nicht sagen. Das war nicht der Menschenschlag, zu dem er jemals eine Nähe gesucht hatte. Er hatte sich in anderen Oasen herumgetrieben. Morgen früh würde er versuchen, den Anwalt in seiner Kanzlei zu erreichen.

Morgen früh, wenn diese grausame Nacht vorüber war.

Vielleicht um zehn Uhr. Zwei Stunden bevor die Entführer mit Manni im La Strada Kontakt aufnehmen wollten.

Sergej Barischov. Der Radiergummi seiner Vorstellungskraft rubbelte den schwarzen Balken von den Augen des Russen; Manni versuchte, in den Menschen einzudringen. Der Mann hatte recht. Nach den Gesetzen seiner Branche. Er war gerade dabei, sich einen Namen zu machen und seinen Claim im illegalen Goldgräbergeschäft abzustecken, da linkt ihn ein kokainschniefender Szenewirt um eine Wagenladung aus Moskau, für die man auf dem weißen Markt an die zehn Millionen hätte blechen müssen. Und wahrscheinlich hatte Charly auch wieder die Schnauze nicht halten können und damit im Milieu herumgeprotzt. Sergej blieb gar nichts anderes übrig, als an Charly ein Exempel zu statuieren. Und dieser sture Kommissar Schumacher, der noch nicht mal bei der Aussicht auf eine sechsstellige Aufbesserung des baldigen Pensionsanspruchs weich geworden war, hatte damit begonnen, ein reißfestes Netz um ihn zu spinnen ...

Und dann Manfred Thielen. Dieser dreiste Nobody. Verkauft seine Ware zu einem Schleuderpreis an den Feind Nummer Eins. Aber der Junge hat ja nichts weiter vor, als ein paar Mark zu machen. Soll er ruhig. Wenn er die Ware gegen seine Tochter eintauscht, läßt sich über ein deftiges Schweigegeld, beziehungsweise ein ebensolches Startkapital für den Neubeginn in Italien durchaus reden.

Im Campingbus neben der alten TOTAL-Tankstelle lagen ja noch die Muster, und Red Mercury war auch noch nicht aus der Welt. Vielleicht reichte das ja als Verhandlungsbasis. Denn am Tod von Marie ... Manni schauderte, als er sich dabei ertappte, wie kalt er diese grausame Möglichkeit gerade in Betracht gezogen hatte. Aus Barischovs Sicht ... Der Mann konnte nicht an Marie interessiert sein. Er mußte nur sein Gesicht wahren, um mühsam erkämpftes Terrain nicht wieder zu verlieren. Und darüber ließe sich mit Sicherheit reden. Aber wo? Wie sollte Manni an ihn herankommen? Jetzt, heute nacht noch?

Manni steckte die Zeitungsseite weg, stapfte die abgestellte Rolltreppe hoch, ging durchs Eigelsteintor und ... Wenn Karla die Polizei verständigt hatte, wäre die Kripo dann nicht mit Ultraschall in seiner Wohnung am Eigelstein eingeflogen? Und weil sie ihn nicht angetroffen hätten, würde dann das Haus nicht mit Sicherheit genauestens observiert?

Es ging schließlich um eine Kindesentführung. Und um die Morde an einem Wirt und ihrem Chef. Und um eine Menge an Red Mercury, mit der man die Hälfte des gesamteuropäischen Trinkwassers verseuchen konnte.

Manni drehte auf dem Absatz ab, folgte dem Thürmchenswall bis zur Nord-Süd-Fahrt und ging dann bis zur Stadtsparkasse an der Ecke vor der Eisenbahnunterführung.

Er schaute den Eigelstein von unten hoch. Es war kaum noch ein Mensch unterwegs.

Im Schatten der Häuserfront näherte er sich der Kneipe, die er in letzter Zeit einige Male mit recht mulmigen Gefühlen unterhalb der Gürtelschnalle passiert hatte.

Er öffnete die Tür. Alle Barhocker vor dem langen Tresen, der sich bis hinten in den schlauchförmig geschnittenen Dämmerschuppen schob, waren besetzt. Von bunten Frauen und blauen Männern.

Auf dem Fußabstellring unten an einem Hocker trafen Mannis Augen zwei alte Bekannte wieder. Pinkmetallicfarben, und raketenspitz. Manni parkte seine Stiefelabsätze knapp anderthalb Meter unterhalb des wasserstoffblonden Haarwuschels der treffsicheren Polin und sagte: »Hallo.«

Sie sah ihn an, und ein Lächeln huschte über ihr stark geschminktes Gesicht.

»Hallo«, hauchte sie. Und der dicke Mann, der wohl ihren letzten Piccolo, der halbvoll vor ihr auf dem Tresen stand, finanziert hatte, blickte grantig zu Manni rüber.

»Bist du mit dem Höhenberger Klops neben dir im Geschäft?« fragte Manni.

»Nein«, sagte sie in fast akzentfreiem Deutsch und schwenkte ihre ellenlangen, übereinandergeschlagenen Beine ein wenig in Mannis Richtung. »Für heute abend liegt noch keine feste Buchung vor.«

»Prost«, meldete sich der abgemeldete Klops zu Wort und tickte tapsig mit der unteren Kante seiner Bierflasche gegen den mit knallrotem Lippenabdruck dekorierten Rand des Sektglases auf dem Tresen. Den Blick nicht von Mannis Augen ablassend ergriff die junge Frau mit blinder Routine das Glas, führte es zu ihren Lippen und stellte es, ohne den Inhalt reduziert zu haben, wieder auf die Theke zurück.

»Andrzej steht draußen«, sagte Manni.

Diesen plötzlichen Umschwung in einen eher geschäftsmäßigen Unterweltstonfall hatte sich das Mädchen um diese Uhrzeit offensichtlich nicht gerade von dem einzigen noch nüchternen Kneipengast erhofft.

»Was will er?« fragte sie und verbarg ihre Enttäuschung nicht.

»Er will den Typ sprechen«, sagte Manni, »den Typ, mit dem er vorgestern gesprochen hat.«

Drei Fragezeichen in zwei schwarzumrandeten Augen.

»Du hattest ihm doch den Tip gegeben«, versuchte Manni ihre Gedächtniszellen zu aktivieren, »daß der Typ hier drin wäre. Der Typ, der für Sergej Barischov arbeitet.«

Jetzt schaute das Mädchen zu ihrem Sektglas, jetzt ergriff sie es mit leicht zittrigen Fingern, jetzt trank sie es in einem Zug leer.

»Er ist nicht hier«, sagte sie.

»Bist du sicher?«

»Todsicher.« Manni sah sie an. Und sie hob ihren Blick.

»Was nimmst du für die Nacht«, fragte Manni.

»Für die ganze Nacht?« Tief hinter ihrer Bindehaut war ein hoffendes Lämpchen angeknipst worden.

»Ja«, sagte Manni.

Das Mädchen checkte kurz ab. Die nicht unbedingt verheißungsvoll belegte Kneipe, die Chancen, daß sich um diese Uhrzeit vielleicht doch noch ein finanzstarker Freier hier einfinden würde, Manni als Kunden, Manni als Mensch, Manni als Sexobjekt und den möglichen Inhalt von Mannis Brieftasche.

Wenn sie geahnt hätte, was in seinen Stiefelschäften steckte, wäre sie mit Sicherheit locker vom Hocker gekracht.

»Vierhundert« sagte sie so leise, daß es der eifersüchtige Klops neben ihr, dem sie eben ein erheblich höher dotiertes Angebot hatte zukommen lassen, nicht hören konnte. »Und das Zimmer.«

»Das Zimmer geht auf dich«, sagte Manni und sah zu ihren pinken Schuhspitzen hinab. »Als Ausgleichszahlung, sozusagen.«

Sie lächelte.

»Ist okay«, sagte sie, »war ja im Prinzip gut gemeint gewesen von dir, mir helfen zu wollen.«

Manni nickte, und sie nickte auch.

Sie freute sich auf ihn.

»Ich heiße Anja«, sagte sie und rutschte vom Hocker.

»Ich bin der Manni.«

XXIII

Das Hotelzimmerchen, in dem sich die schöne Anja ihren Kunden zur Verfügung stellte, war gleich um die Ecke und zur Nord-Süd-Fahrt raus.

Das französische Bett war unter dem Laken mit Gummi ausgeschlagen. Ein Nachtschränkchen enthielt Kondome in verschiedenen Formen, Farben und Größen, einen Vibrator ohne Batterien, eine Tube Gleitcreme, Tempos, vier Paar Handschellen und sogar eine etwas halbherzige siebenschwänzige Peitsche. Aus schwarzem Gummi, aber butterweich und an den Enden mit Knötchen versehen, gegen die Gummibärchen Schrotgeschosse waren. In dem zweiten Nachtschränkchen waren Musikkassetten, von Tony Marshal über Jane Birkin und Gotthelf Fischer bis zu den Balzgesängen der Buckelwale. Auf dem Nachtschränkchen stand ein kleiner Ghettoblaster.

Manni schaute sich das alles in Ruhe an, während in dem Rigips-Verschlag neben der Tür eine saftarme Dusche vor sich hin plätscherte. Der gefüllte Schulterhalfter und seine Stiefel waren unter dem Bett deponiert. Das ganze Geld hatte Manni in den Schäften gelassen. Nur ein Fünfhunderter steckte im Gummizug seiner Boxershorts. Der Sportlerrucksack lag schlaff vor dem Heizkörper, seine 501 unter der Lederjacke über der Lehne eines Stuhls. Auf der Sitzfläche lagen sein T-Shirt und seine Socken. In einem steckte der Schließfachschlüssel.

Manni setzte sich auf's Bett und rieb die Reste der Leukoplaststreifen, mit denen er sich den Schlüssel an seinen Oberschenkel geklebt hatte, von seiner Haut. Die Gummierung hatte sich in unangenehmer Form mit seiner Schenkelbehaarung liiert.

Als er die zähe Aktion endlich durchgezogen hatte, schob er sich ein Kopfkissen in den Rücken, verschränkte die Hände in seinem Nacken und starrte zu der roten Pufflichtbirne über ihm an der Decke hoch.

Das Geplätscher versiegte irgendwann, und bald darauf schwebte Anja auf einer aus mindestens vier verschiedenen Düften zusammengesetzten Wolke aus dem Verschlag. Sie trug einen roten Spitzenbody und schwarze Strapse. Sie sah sehr vielversprechend aus, und offenbar schien es ihr zu gefallen, daß Manni schon soweit abgelegt hatte. In dezent aufreizender Amplitude schwenkte sie ihre wohlgeformten Hüften auf ihn zu, ließ sie in fünf Zentimetern Entfernung vor seiner Nase kreisen, bevor sie sich neben ihm auf das Laken niedergleiten ließ, lasziv hauchte und mit äußerst viel Fingerspitzengefühl den Eingriff in seine Shorts als einen solchen benutzte.

Manni umfaßte ihr grabendes Handgelenk und hob ihre Finger in unverfänglichere Gefilde. »Ich mag dich, Anja«, sagte er, »aber meine Tochter mag ich noch mehr als dich.«

»Das will ich doch auch schwer hoffen«, gurrte Anja, die noch nicht kapiert hatte, daß hier und heute nacht ein anderer Film als sonst gespielt wurde.

»Sergej Barischov hat meine fünfjährige Tochter entführt«, sagte Manni.

Anja starrte ihn an. »Das ist nicht wahr ...«, hauchte sie fassungslos.

»Doch.«

Anjas Augen füllten sich mit Tränen. Sie schlang ihre Arme um seinen Hals und begann fürchterlich zu schluchzen.

Manni streichelte ihren Rücken. Sie war ein liebes Mädchen. Vor fünfzehn Jahren hätte er sich unsterblich in sie verschossen, vor zehn Jahren hätte er sie gevögelt und vor fünf als Maries Kindermädchen engagiert. Und heute nacht mußte sie ihm helfen, seine Tochter wiederzufinden.

»Entschuldigung ...«, schluchzte Anja. Sie löste sich von ihm, zog ein Tempo aus dem Nachtschränkchen, trocknete sich die Augen und schneuzte heftig in das Papiertaschentuch. »Du mußt wissen«, sagte sie mit einer tragischen Mischung aus Mitgefühl und schlechtem Gewissen in der Stimme, »ich habe auch eine Tochter. Und sie ist auch fünf Jahre alt ...«

»Und wo ist die Kleine?« fragte Manni leise.

»In Polen«, sagte sie, »bei ihrem Vater. Er hat mir verbieten lassen, sie jemals wiederzusehen.«

»Weil du hier ...?« setzte Manni, nach kurzem Blickkontakt mit ihren aus dem Ausschnitt gerutschten Brustwarzen, behutsam an, doch Anja schüttelte wehmütig den Kopf.

»Nein«, sagte sie, »weil er gerade eine Karriere als Politiker macht und eine Krankenschwester aus einfachen Verhältnissen, die er irgendwann einmal vergewaltigt hat, nicht in sein Konzept paßte.«

»Das gibt's doch nicht ... « Manni starrte sie an.

»Doch, das gibt es«, sagte Anja. »Er hat die unfruchtbare Tochter eines Verfassungsrichters geheiratet, und sie haben mir mein Kind genommen.«

»Die Schweine«, sagte Manni, »man müßte so was abknallen.« Er meinte es in dem Moment, in dem diese Worte seinen Mund verließen, wirklich ernst damit; aber eine Sekunde später war er über sich selbst erschrocken. Ihm war es halt nur so rausgerutscht, das, was andere in die Tat umsetzten. Charly und Schumi hatten den wirtschaflichen Interessen eines machtbesessenen Monsters im Weg gestanden, eines Monsters, das seine Marie entführt hatte.

Anja zuckte schicksalsergeben mit den Schultern. »Ich hatte in Polen keine Chance mehr«, sagte sie leise.

Manni nahm sie in den Arm und ließ seine Handflächen sanft über die weiche Haut ihres Rückens gleiten.

Ein seltsames Zwielicht aus grauendem Morgen und roter Puffbirne hatte sich im Raum ausgebreitet.

Manni schob ihren Oberschenkel von seiner Hüfte und löste sich behutsam aus der Umklammerung ihrer Arme.

Er ging zu seiner Jacke, holte die Zigaretten raus und zündete eine an. Er stellte sich ans Fenster und schaute auf die Autos, die auf der Nord-Süd-Fahrt vor der roten Ampel mit quietschenden Reifen stoppten. Um sieben Uhr dreißig. An ihren Lenkrädern saßen glatt rasierte Männer und perfekt gestylte Frauen, die darauf heiß waren, möglichst schnell an ihrem Arbeitsplatz zu sitzen. Dieser Zug war für Manni schon vor Jahren abgefahren.

Aber er hatte auch noch nie, mit ernsthaften Absichten, auf irgendeinem Bahnsteig gestanden und auf diesen Zug gewartet.

Der Fahrpreis war ihm einfach immer zu hoch gewesen.

Marie, du kleine Maus. Dein Papa hatte dir gesagt, daß dir niemals im Leben etwas Schlimmes zustoßen könne, und jetzt hast du wegen seiner Geldgier die Nacht in irgendeinem Drecksloch verbringen müssen. Die erste Nacht in deinem Leben, ohne Mama oder Papa, in anrufbarer Nähe. Wenn die Entführer ihr auch nur das Geringste antun würden, dann ... Er war kein unbedeutender Nobody mehr. Manni Thielen hatte eine gewisse Macht. Die Macht, halb Europa zu verseuchen. Das war doch schon mal was.

»Manni ... ?«

Er zuckte leicht zusammen und drehte sich zum Bett hin. Anja räkelte sich im Laken. Ihr Gesicht zeigte Scham. Sie schaute auf ihre Strapse hinab und lächelte verlegen wie ein kleines Mädchen.

Doch dann griff sie unter die Bettkante und riß ein dort mit Tesa festgeklebtes zusammengefaltetes Briefchen hervor. Um Anerkennung buhlend streckte sie es Manni entgegen.

»Magst du Koks?«

»Nein«, sagte Manni und setzte sich zu ihr auf die Bettkante. Er legte das Koksbriefchen auf den Nachttisch.

»Hilf mir, Marie zu finden«, sagte er.

Anja rieb sich die Stirn. Langsam kam ihr die vergangene Nacht wieder in den Sinn. Oder hatte sie das alles etwa nur geträumt?

»Wir müssen eingeschlafen sein ... «, sagte sie und schaute leicht orientierungslos an ihrem sexy-verpackten Körper hinab. »Einfach so ... ?«

»Einfach so«, wiederholte Manni.

»Du bist ein netter Mann.« Anja stand schwer auf der Kippe, sich in ihn zu verlieben.

Stille.

»Ich muß mit Sergej Barischov reden«, sagte Manni, und seine Hände hatten aufgehört, ihre Finger zu streicheln.

Sie hob den Kopf und verankerte ihren Blick in seinen geweiteten Pupillen.

Eine Liebe machte sich zwischen ihnen auf den Weg. Die ehrliche und ursprüngliche Liebe zweier getretener Kreaturen, die den jeweiligen Schmerz der anderen kannten.

Anja entzog Manni ihre Hand und stellte ihre Füße auf den Fußboden. Sie stand auf, ging zur Tür, legte die Hand an die Klinke, drehte sich zu Manni um und sagte: »Warte einen Moment.«

Sie öffnete die Tür und schloß sie hinter sich.

Manni zog seine Jeans an, setzte sich auf's Bett, nahm den Schließfachschlüssel aus der Socke, zog sie und ihre Kumpanin über seine Knöchel und die Stiefel unter dem Bett hervor. Er stülpte sie um und einhundertfünfundzwanzigtausend Mark versammelten sich auf dem Bettlaken. Manni stieg in seine Stiefel und stopfte die Geldbündel neben seinen behaarten Schien- und Wadenbeinen in die Schäfte. Dann zog er sein T-Shirt an und den Halfter, und darüber die Lederjacke. In der Tasche spürte er die Handgranate. Ob sich damit die Red Mercury-Kiste wohl sprengen ließ?

Er hatte vergessen, Schang noch mal anzurufen, und die Privatnummer des Kneipiers kannte er nicht. Er wußte noch nicht mal, wie er mit Nachnamen hieß. Das Friesenhöttchen machte erst um zwei Uhr wieder auf. Dann würde er mit den Entführern im La Strada schon Konkakt aufgenommen haben. Mit fast leeren Händen müßte er am Verhandlungstisch erscheinen.

Nach fünf Minuten war Anja wieder da. Sie setzte sich zu ihm auf's Bett und nahm seine Hände in die ihren.

»Ich habe mit einem Bekannten telefoniert«, sagte sie.

»So?«

Sie nickte und fuhr fort: »Sergej Barischov wohnt auf dem Land, irgendwo zwischen Köln und Bonn.«

»Auf dem Land?« Manni war hellwach. »Dort kann man ein entführtes Kind ...«

Anja schüttelte bedauernd den Kopf. »Aber niemand weiß genau, wo er wohnt.«

»Seuche!«

»Aber wenn er in Köln ist ...«

Mannis Hörorgane richteten sich augenblicklich in optimale Empfangsposition aus.

»... dann ist für ihn«, machte Anja weiter, »immer eine bestimmte Hotelsuite reserviert.«

Manni glotzte sie an. »Sag bloß, im Maritim!«

»Nein.« Anja schüttelte den Kopf. »Im Hyatt.«

»Im Hyatt ... ?« Manni starrte sie an.

Der Einbrecher in seiner Wohnung, der Fahrer mit der karierten Kappe, Ändis Verfolgung auf dem Fahrrad ... Es waren also doch Sergejs Leute gewesen. Deshalb hatte der Nachtportier die beiden trotz ihres asimäßigen Outfits auch nicht gleich wieder vor die Tür gesetzt, um drei Uhr morgens. Sie waren schließlich die Lakaien des stets sehr großzügigen Stammgastes Sergej Barischov.

»Er mietet sich im Hyatt immer unter dem Namen Viktor Karpov ein«, komplettierte Anja die Information.

»Danke«, sagte Manni und stand auf. Anja hielt seine Hände umklammert, schaute besorgt zu ihm hoch.

»Ich werde oft an dich denken, Anja«, sagte Manni und zog seine Hände behutsam aus ihrer Umklammerung.

Anja nickte, und eine Träne bahnte sich ihren Weg durch das Make-up vom gestrigen Arbeitstag.

»Danke«, sagte Manni.

»Ich werde den ganzen Tag beten«, sagte Anja, »daß du deine Marie wiederbekommst.« Alle verfügbaren Tränen schossen zu ihren Augen hoch.

»Vergiß nicht, unters Kopfkissen zu schaun«, sagte Manni und drückte die Klinke runter.

Als er die Tür hinter sich ins Schloß gezogen hatte, ließ sich Anja schluchzend in das aufgewühlte Laken fallen, umschlang das Kopfkissen und durchtränkte den Bezug mit den Tränen, die aus ihren Augen sickerten.

Plötzlich berührten ihre Finger ein Bündel Papier. Sie zog es heraus. Es waren fünfzig Hundertmarkscheine.

XXIV

Es war eines dieser Cafés, die es nicht mehr lange machen würden. Stieselige Einrichtung, oller Kuchen, labberiger Kaffee und eine Bedienung, die nicht weiter groß aufgefallen wäre, wenn sie zwischen den zwei antiken Puddingteilchen, der Quarktasche und den Schweineöhrchen in der verschmierten Vitrine gelegen hätte.

Zwei Omas mit verkabelten Knöpfen in den Ohren brüllten sich die News von der Rentenfront um die faltigen Backen, und Manni kriegte keinen Bissen des Kleinen Frühstücks runter. Es bestand aus einem Brötchen, einer aluverpackten Marmeladenration, einem Butterpäckchen und einem Kännchen Filterkaffee mit freier Durchsicht bis zum Tassenboden.

Das anheimelnde Ambiente wurde untermalt von Radio Köln, dessen Gedudele und Geschwätz in Supermarktlautstärke aus einem koreanischen Transistorradio drang, das auf der Nachbildung eines altgriechischen Säulchens thronte.

Der Moderator hatte gerade die Kölner Bevölkerung um Mithilfe gebeten und Kommissar Köhler von der Kripo das Wort erteilt.

Manni blieb der aktuelle Brötchenabbiß auf halbem Wege in der Speiseröhre stecken, und sein Rücken klebte stocksteif am Plastik der Stuhllehne.

»... einer Reihe von Gewaltverbrechen, die in den letzten Tagen in Köln verübt wurden«, beendete Köhler mit angenehm professioneller Stimme seinen ersten Satz, tankte die Lungen auf und fuhr fort: »Manfred Thielen ist als Manni weitestgehend in der Szene bekannt. Er ist sechsunddreißig Jahre alt und erinnert in seinem Äußeren etwas an James Dean ... «

Köhler, Köhler ... ihm erst auf den Pimmel glotzen ohne Ende und jetzt so was ...

»... Er hat dunkelblonde, nach hinten gekämmte Haare und trägt vermutlich Blue Jeans, Cowboystiefel und eine schwarze Motorradlederjacke. Wenn Sie ihn sehen, bitte veranlassen Sie ihn dringlichst, sich umgehend mit mir in Verbindung zu setzen. Und wenn Sie, Manni Thielen, gerade zufällig mithören: Bitte melden

Sie sich! Ich schwöre, daß wir alles Menschenmögliche unternehmen, Ihre Tochter wohlbehalten wiederzubeschaffen ... «

Karla Hagesterz hatte also doch die Polizei informiert ...

»Der Blüm ... « kreischte die eine Oma am Nebentisch.

»Der wer?« kreischte die andere zurück.

»Der Blüm!«

»Ach so, der Blüm.«

Jetzt durfte Köhler wieder ran.

»Bitte, Herr Thielen, unternehmen Sie nichts, was Sie später bereuen könnten ... «

Aha, rotes Quecksilber, ick hör dir plätschern ...

»... Und an die Entführer richte ich den ganz ehrlich gemeinten Appell, uns doch bitte ihre Forderungen zu nennen. Das Innenministerium ist bereit, sich eingehend damit auseinanderzusetzen.«

Pause. Man konnte schon hören, wie der Moderator Luft holte, da schob Köhler noch hastig nach: »Marie Thielen-Sandini darf nichts zustoßen!«

Manni legte einen Zehner auf den Tisch und ließ Blüm, den Innenminister und einen Hauch von Jimmy Dean bei lauwarmem Filterkaffee in dem Café zurück.

Durch die Unterführung, dann am Hotel Lenz und der Ursulakirche vorbei, erreichte er von hinten die Weidengasse.

Er betrat den ersten unter türkischem Regime stehenden Second-Hand-Laden und kaufte sich ein hellblaues Hemd, eine geblümte Karawatte und das Sakko vom Kommunionsanzug seines Urgroßvaters. Alles in allem für dreiunddreißig Mark.

Den Halfter hatte er in der Umkleidekabine über das neue gebrauchte Hemd gezogen und seine Lederjacke und das T-Shirt in Docs Rucksack verstaut.

Im Friseurladen drei Häuser weiter setzte er sich auf einen Stuhl aus den Fifties. Ein freundlich lächelnder, schnauzbärtiger Ex-Jugoslawe mit einem geflochtenen Zöpfchen im Nacken warf einen Kittel um seinen Hals.

»Was darf es sein?«

»Rasieren«, sagte Manni, »aber das Gemüse zwischen Nase und Oberlippe lassen Sie bitte stehen. Und Haare schneiden.«

»Wie kurz?«

»So kurz«, sagte Manni, »daß mich die moslemische Armee ohne weitere Fragen rekrutieren würde.«

Der Friseur lächelte und ließ einen Minirasenmäher schnurren. Er stellte die Distanzvorrichtung auf Null Komma fünf Millimeter ein und setzte über Mannis Stirn an.

»Gut so?« fragte er nach den ersten zwei Bahnen bis zur Waschanleitung hinten im Kragen von Mannis frisch erworbenem Hemd.

»Bestens«, gab Manni ihm den Mut, weitere Deformierungen vorzunehmen.

Das tat er dann auch.

Und nach der sechsten Bahn sagte der Friseur: »Ich habe eben Radio gehört.«

»Schön.«

»Du wirst von der Polizei gesucht, nicht wahr?«

»Ja«, sagte Manni.

Und der Friseur lächelte.

Im neuen S-U-Bahnhof vor Saturn rief Manni die Kanzlei von Reinhold Lindenstock an, und man sagte ihm, der Anwalt nähme zur Zeit einen Gerichtstermin wahr und sei voraussichtlich ab dreizehn Uhr wieder im Hause.

Zu spät für Manni.

Wieder warf er drei Groschen in den Schlitz und wählte. »Maritim-Hotel Köln, guten Tag.« Diesmal hatte ein männliches Wesen Schicht.

»Geben Sie mir bitte Doktor Reuter.«

»Ein Doktor Reuter logiert bei uns nicht«, drang es nach kurzem Abchecken zurück.

»Ich weiß«, erwiderte Manni, »aber er führt seine Geschäfte von einer Suite im siebten Stock, Nummer 747 ...«

»Bedaure.« Der Typ hatte einfach aufgelegt.

Halb elf. Noch neunzig Minuten bis er sich im La Strada einzufinden hatte.

Sein Outfit war soweit in Ordnung. Er hatte sich selbst nicht mehr wiedererkannt, als er diesem seltsamen Typ in einer Schaufensterscheibe begegnet war.

Trotzdem wollte er nur ungern mit der U-Bahn oder einem Taxi fahren. Die Vespa wäre nicht verkehrt. Aber die kriegte er nicht unbemerkt aus einem observierten Haus rausgeschoben.

Manni ging die Weidengasse hoch, überquerte den Eigelstein und stieg an der Rückseite über die Mauer in den Innenhof, in dem Marlenas Fahrrad neben den Mülltonnen, seinem Motorroller und Maries türkisem Puky stand.

Manni umfaßte die Lenkergriffe des Fahrrads und überlegte einen Moment. Er blickte zum Küchenfenster seiner Wohnung hoch.

Lautlos öffnete er die Tür zum Treppenhaus. Niemand zu sehen oder zu hören. Er stieg die Kellertreppe hinab und zwei Minuten später mit zwei Würsten wieder hinauf.

Die eine Wurst war sein Bergsteigerschlafsack, die andere sein tarnfarbenes Iglu-Zelt. Beide drückte er in den Rucksack und hievte das Fahrrad über die Mauer.

Er fuhr zum Rhein runter und sah das Hyatt-Hotel auf der anderen Seite des Flusses. Vielleicht stand Sergej Barischov gerade hinter einer der getönten Fensterscheiben seiner Suite und blickte zu ihm herüber.

Manni radelte an der Bastei vorbei, unter der Mülheimer Brükke durch, weiter und weiter, bis zum Niehler Hafen, und von dort wieder zurück.

Er zwang sich, möglichst an nichts zu denken.

Doch es gelang ihm jeweils nur für Sekunden.

Marlena ... Wie gern würde er in ihren Armen liegen. Sie wartete jetzt bestimmt auf seinen Anruf. Wollte ihm sagen, daß alles okay sei und er sie heute nachmittag um fünf abholen könne.

Oder auch nicht. Wenn sie sich jeden Tag den Express kaufen ließ, dann würde man ihr auch ausrichten, wenn in Radio Köln der Name ihres entführten Kindes genannt und nach ihrem Mann gefahndet wurde. Sie war eine verdammt tapfere Maus, seine Marlena. Aber das konnte sie mit Sicherheit nur schwer wegstecken. Drei Tage nach dem operativen Abbruch einer Bauchhöhlenschwangerschaft.

Weg damit. Der asphaltierte Fahrradweg, der vom Vorderreifen seines Fahrrads aufgerollt wurde, der Rhein zu seiner Linken, die Wiese rechts. Mehr war nicht. Mehr durfte nicht sein.

Und doch sah er Marie in jedem Kind, an dem er vorbeifuhr.

Er passierte das Maritim-Hotel und bog rechts ab. Er fuhr die Cäcilienstraße hoch, am Neumarkt vorbei und kettete das Fahrrad um acht Minuten vor zwölf an die Laterne vor McDonald's. Es blieb ihm nichts anderes übrig, als rüber zum La Strada zu gehen.

Links in der Thekenecke saßen die üblichen Tagediebe, an einem Tischchen drei Frauen. Manni setzte sich an einen der Zweiertische gegenüber der längsten Seite der Theke. Paula, der beste Espressodrücker Kölns, sah ihn an, und Manni sagte: »Einen Milchkaffee.«

Paula nickte und ließ die Kaffeemaschine pfeifen.

Manni nahm mit brennender Kippe im Mundwinkel den Express vom Ständer. Aus aktuellem Anlaß wurde für die nächste Woche die Serie *Das organisiserte Verbrechen in Köln* propagiert. Über Kommissar Schumacher gab's eine posthume Homestory mit Fotos von seinem verwaisten Büro am Waidmarkt, seinem Reihenhäuschen in Widdersdorf und seiner kinderlos hinterbliebenen Frau Hildegard mit Pudel Manni.

Davon hatte er ihm nie etwas gesagt. Und ausgerechnet ein Pudel. Manni mochte keine Pudel, gelinde ausgedrückt.

Paula servierte den Kaffee.

Bundes-Berti hatte die satte Pizza-WM-Elf des Kaisers wieder nach Malente zitiert. Sogar Thomas Berthold, der Sohn des Sponsors mit dem Untertürkheimer Stern, durfte mal wieder am Speck schnuppern. Die Dienste von ein paar heißen Newcomern hätte sich der Terrier schon in den Ärmel stecken sollen. Basler, na ja! – Und warum nicht Mehmet? Nur wegen seines Vornamens? Die braunen Bananen reiften halt überall in dieser Republik. Schließlich hatte Stan sich seinen Olli ja sogar zum Präsi hingebogen. Helmut und Roman, das häßlichste deutsche Gespann seit der Abschaffung der Euthanasie.

»Manfred Thielen?« fragte ihn eine Stimme mit stark slawischem Akzent.

Manni schaute von der Zeitung auf, und in die Augen eines Mannes, der schon mal auf seinem Sofa gepennt hatte. Nachdem Ändis Handkanten ihm das entsprechende Schlafmittel verschrieben hatten. Den Typen neben dem erfolglosen Einbrecher kannte

Manni nur von Ändis karger Beschreibung. Die karierte Kappe war wohl so was wie sein Markenzeichen.

Manni nickte und lud die beiden mit einer Geste ein, sich zu ihm zu setzen. Doch der Ex-KGBler schien recht kurz angebunden zu sein und zog es vor, stehenzubleiben.

»Heute abend um acht Uhr«, sagte die Kappe, »auf dem Parkplatz unter der Zoobrücke.«

»Da gibt es ein Problem«, gab Manni zu bedenken, »ich habe die Waffen bis auf ein paar Muster schon verkauft. Ich biete Sergej das rote Quecksilber und hunderttausend Mark.«

Die KGBler sahen sich an, als hätten sie nicht richtig verstanden. Und nach einer Schweigeminute sagte der Einbrecher: »Damit wird Sergej nicht einverstanden sein.«

Und sein Kumpan ergänzte: »Kaufen Sie die Ware zurück, und Sie haben heute abend Ihre Tochter wieder.«

»Ich glaub kaum, daß ich das schaffen werde.«

Der Einbrecher zuckte mit den Schultern. »Das ist Ihr Problem. Wenn Sie um Viertel nach acht unsere Forderungen nicht erfüllt haben, wird Ihre Tochter die Nacht nicht überleben.«

»Das dürfen Sie nicht tun!« sagte Manni. Beherrscht und drohend.

»Warum nicht?« fragte der Einbrecher.

Manni sah ihn an, und er spürte, daß es diesem Tier überhaupt nichts ausmachen würde, ein fünfjähriges Mädchen zu erwürgen, wenn die Kasse anschließend stimmte.

»Überlegen Sie es sich«, sagte der Einbrecher.

»Morgen um dieselbe Zeit werden wir noch mal hier sein«, sagte die Kappe. »Vielleicht geht Sergej ja wider Erwarten auf Ihr mieses Angebot ein.«

»Vielleicht gibt ihm ja auch die Aussicht zu denken, daß seine Jagdgründe verseucht werden könnten«, sagte Manni. Die Kappe verzog keine Miene und verließ mit dem Einbrecher das Lokal.

Manni rief noch mal in Lindenstocks Kanzlei an, und diesmal sagte man ihm, der Chef sei bei der Staatsanwaltschaft in einer dringenden Angelegenheit. Manni verriet der Sekretärin nicht, daß es sich bei dieser Angelegenheit vermutlich um die seine handelte.

Er legte auf, ging zu seinem Fahrrad und radelte los.

Majti schüttelte ihm die Hand.

»Werde ich Lang ausrichten«, sagte sie. »Und viele Grüße an Ihre Tochter.«

»Danke«, sagte Manni und verließ das Haus.

Die Tasche, Maries Schlafsack und ihre Minnie-Maus-Decke stopfte er in den Kindersitz über dem Gepäckträger und verzurrte das Paket mit dem Sicherheitsgurt.

Er fuhr die Niehler Straße hoch bis hinter die Rennbahn, dann kreuzte er die Neusser Straße und folgte der Simonskaul bis zur Grasegger Straße. Dort bog er rechts ab, und um kurz vor zwei saß er in Charlys Vaters Campingwagen.

Manni verstaute sein Zeug, montierte den Kindersitz vom Rad ab und fuhr die Neusser Straße bis zum Globusmarkt hoch. Er kaufte drei Liter H-Milch, zwei Pakete Müsli, eine Flasche Grappa, eine Flasche polnischen Wodka, vier Dosen Coca-Cola, sechs Kerzen, drei Packungen Zigaretten und ein Camping-Set, bestehend aus Teller, Tasse, Becher und Besteck, alles aus rotem Plastik.

An der nächsten Telefonzelle hielt er an und rief im Friesenhöttchen an. Resi war in der Leitung. Sie sagte, Schang wäre nach Lüttich gefahren, um Antiquitäten zu kaufen und käme erst gegen neun Uhr heute abend wieder ins Lokal.

Manni steckte sich eine Zigarette an und rauchte sie nieder, bis der Filter qualmte. Dann holte er die Visitenkarte aus seinem Notizbuch und wählte Köhlers Nummer. Und der meldete sich auch sofort.

»Hören Sie«, sagte Manni ruhig und zügig, »ich werde Ihnen nicht die Zeit geben, mich zu orten, also keine Fragen. Wenn Ihnen daran gelegen ist, daß Red Mercury nicht freigesetzt wird, dann treiben Sie schleunigst Doktor Norbert Reuter auf und kaufen ihm die komplette Waffenlieferung ab, die er von mir erhalten hat. Heute abend um acht findet auf dem Parkplatz unter der Zoobrücke die Übergabe statt. Lassen Sie Sergej Barischov, im Hyatt besser als Viktor Karpov bekannt, von den V-Leuten, die die Sache für Sie abwickeln, ausrichten, die Muster und das rote Quecksilber würden morgen nachgeliefert.« Zack, der Hörer hing in der Gabel.

XXV

Manni träufelte Wachs auf die leeren Bierdosen und stellte drei Kerzen darauf. Die Tür und die beiden Klappfenster hatte er eine halbe Stunde sperrangelweit offen stehen gelassen, und der Mief von zehn Jahre lang endgelagerten Zigarettenkippen hatte sich soweit verzogen, daß sich Manni dazu entschieden hatte, die Nacht im Wohnwagen zu verbringen. War auch besser so, das Zelt wäre vielleicht aufgefallen. Falls man mit dem Hubschrauber nach ihm suchte.

Er hatte die Möblierung so hingeklappt, daß ein akzeptables Bett entstanden war, auf dem er seinen Schlafsack ausgerollt hatte. Die Musterwaffen lagen vor ihm. Er schaute sie sich zum ersten Mal etwas genauer an. Was sollte er auch sonst tun? Er konnte nur noch hoffen. Er war raus aus dem Ding. Das war einerseits ganz gut, aber andererseits lag das Schicksal seiner Tochter, und damit sein eigenes, nun in den Händen anderer. Der Köhler hatte keinen verkehrten Eindruck auf ihn gemacht. Und wenn Sergej Barischov auch nur etwas Grips in der Birne hatte, mußte er sich auf irgendeinen Deal mit der Kripo einlassen, sonst wäre er ab dem Moment, an dem Manni sich mit der Handgranate und dem Red Mercury-Behälter drüben am Bahndamm in die Luft gesprengt hätte, Deutschlands Staatsfeind Nummer eins.

Manni schaute auf den Wecker. Es war jetzt halb fünf. In zweieinhalb Stunden werden sie Marie irgendwie freibekommen haben, um neun säß seine dann wieder komplettierte Kleinfamilie im Zug gen Süden.

Würde man ihn überhaupt fahren lassen? Oder mußte er fliehen? Er hatte mit Charlys Waffen gehandelt. Das war ein verdammter Straftatbestand. Und er hatte es dem Köhler sogar gestanden. Und was würde mit dem Doc passieren? Den hatte er auf jeden Fall jetzt ordentlich reingeritten. Schade, Doktor Norbert Reuter hatte ihm eigentlich sehr geholfen ...

Wenn er Marie doch nur nicht zu ihrer Freundin Laura gebracht hätte ... Aber es war ja alles viel zu glatt gelaufen. Das hätte sowieso nicht zu ihm gepaßt. Daß mal was wirklich geklappt hätte, was Größeres, das ihm ein paar Alltagssorgen von der Seele genommen hätte. Die blöde Karte mit dem Kölner Dom drauf. Er hätte damals schon die ganze Scheiße vergessen sollen. Die Postkarte hatte ihn gar nicht gewollt. Zweimal hatte er sie verloren, zweimal hatte Ändi sie wiedergefunden. Charlys Tod, gut. Aber war es denn wirklich sein Ding gewesen, den rächen zu wollen? Zu glauben, den rächen zu müssen? Jetzt, wo es um Marie ging, verfluchte er sich und seinen bescheuerten Ehrenkodex. Lebendig wurde Charly auch nicht wieder davon, wenn er irgendwen ans Messer liefern würde. Und Charly hatte ja wohl echt Scheiße gebaut, und seine Liquidierung irgendwie selbst provoziert. Es tat weh, die Dinge nun so sehen zu müssen. Aber das waren nun mal die Fakten.

Er nahm das Gewehr auf, auf dem seine Augen seit einer halben Stunde geruht hatten. Es hatte etwas elegantes und handliches. Manni riß die Klebestreifen auf, mit denen ein Leinenbeutel am Lauf befestigt war. Darin befand sich ein Infrarot-Zielfernrohr und ein Schalldämpfer. Er montierte beides an die Waffe und legte den Lauf auf die Fensterkante und schaute durch das Fernrohr. Das war schon ein ungeheuer imposantes Ding. Er hätte die Spitze vom Colonius abschießen können. Er zog das Steckmagazin heraus und legte eine Handvoll Munition, die er für seine Pistole in der Reisetasche gebunkert hatte, vor sich auf den Tisch. Die Geschosse paßten in das Magazin. Vierzig Stück.

Er legte durch den Spalt zwischen den geblümten Vorhängchen an und zielte auf die Spitze eines Astes im Gebüsch vor dem Bahndamm. Und er drückte ab. Der Kolben zuckte nur unmerklich in seiner Schulter. Und mit einem trockenen Ton, nicht lauter als ein leichter Schlag auf eine Indianertrommel, löste sich das anvisierte Grünzeug in Wohlgefallen auf.

Manni legte die anderen Waffen wieder in die Bank. Das Gewehr, seine Pistole und die restlichen vierhundertneunundneunzig Schuß Munition legte er in ein Regal.

Er rührte eine riesige Portion Müsli an, und zwang sich dazu, sie Löffel für Löffel hinunterzuwürgen.

Er machte den Wodka und eine Cola-Dose auf und füllte den roten Campingbecher randvoll mit einer Eins-zu-eins-Mischung beider Flüssigkeiten. Er setzte an und trank den Becher in einem

Zug leer. Er kotzte fast, aber alles blieb unten, das Müsli und der Drink. Eine Hitzewelle erreichte seinen Schädel, und aus allen Poren schoß der Schweiß.

Es dauerte knapp zwei Minuten, dann war alles vorbei. Und er konnte sich den Becher wieder füllen, in dem gleichen Mischungsverhältnis, nur diesmal mit Grappa.

Um halb acht waren zwei Cola-Dosen leer und beide Schnapsflaschen nur noch halbvoll. Manni zog sich am Türrahmen hoch und stolperte die drei Stufen auf die Wiese hinab. Er schaute in den grauen Himmel und atmete tief durch. Vor fünfundzwanzig Jahren hätte er gebetet. Er würde auch jetzt beten, liebend gern. Wenn er an irgendwas geglaubt hätte. Anja glaubte bestimmt an Gott, und sie hatte versprochen, für Marie zu beten, den ganzen Tag. Vielleicht hatte ja irgendwer irgendwo ein Einsehen.

Und dann hörte er es, durch das Pfeifen in seinen Ohren hindurch. Apocalypse now ... Er hechtete in den Wohnwagen und knallte die Tür hinter sich zu. Durch den Spalt zwischen den Vorhängen sah er über der saftiggrünen Bahndammhecke einen Hubschrauber der GSG-9 auftauchen. Keine zehn Meter hoch. Er blieb in der Luft stehen, und die Büsche unter ihm gingen ehrfürchtig in die Knie. Er drehte sich im Stand ein paar Mal hin und her und flog dann weiter den Bahndamm entlang. Zum Glück hatte Manni das Fahrrad unter den Wohnwagen geschoben.

GSG-9. Der Innenminister wollte offensichtlich auch beim Fortgang der Ereignisse das eine oder andere Wörtchen mitreden. Durften sie ja alle. Wenn nur Marie wieder auftauchte. Ihr Scheiß Red Mercury konnten sie sich auf ihre verschrumpelten Vorhäute träufeln, verdammt noch mal. Marie, Marie ...

Er hätte am liebsten ihren Namen so laut aus sich herausgebrüllt, daß die Kleine ihn gehört hätte, wo immer sie auch war ... Seine Sinne drehten sich. Er kippte nach hinten, zog sich mit letzter Kraft auf den Schlafsack hoch, und ...

Marie sprang vom Beckenrand, tauchte unter, kam mit rudernden Armen wieder an die Oberfläche und rief: »Papa!« Und Manni, der neben ihr im Pool stand, umschlang ihren Körper und drückte sie ganz fest an sich. »Das hast du prima gemacht, Kleine«, sagte er. »Ich bin ganz stolz auf dich.«

Er wischte sich das Wasser aus dem Gesicht. Aber es war kein Wasser, es war Schweiß. Und einen Pool gab es auch nicht. Was für makabre Spielchen das Unterbewußtsein doch im Programm hatte … Mannis Schädel dröhnte.

Es war stockfinster in dem Campingwagen. Mannis Hände tasteten nach dem Feuerzeug, und er zündete zwei Kerzen an. Der Wecker stand auf drei Uhr siebzehn. Die Entscheidung war gefallen, ohne ihn. Marie … Hoffentlich, hoffentlich, hoffentlich …

Er dachte an den männlichen Pornostar, den sie einmal in SAT 1 interviewt hatten. In der Branche wurde er nur *der Steher* genannt. Auf die Frage, wie er diese stundenlangen Strapazen überstehen könne, hatte er geantwortet: »Das Wichtigste ist, daß du tot bist im Kopf.«

Manni wäre auch gern tot im Kopf gewesen. Doch der Steher hatte das Geheimnis nicht preisgegeben, wie das genau funktionierte. Manni nahm sich den Becher, füllte ihn mit Grappa pur, hielt sich die Nase zu und schluckte und schluckte, bis ihm der Becher aus den Fingern glitt und er hinterrücks auf sein Lager zurücksank.

Als er wieder auf den Wecker sah, war die Sonne schon aufgegangen und Kopfschmerzen hatte er überraschenderweise auch nicht. Es war halb neun. Er stand auf, schnallte den Halfter mit der Pistole unter seine Achsel, stieg in seine Stiefel, zog das Fahrrad unter dem Wohnwagen hervor und fuhr zur Telefonzelle an der Straßenbahnhaltestelle Altonaer Straße. Er wählte Köhlers Nummer.

»Habt Ihr Marie?« fragte er.

»Hören Sie, Herr Thielen …«

Manni hörte nicht mehr zu. Der Tonfall von Köhlers Stimme hatte ihm das vermittelt, was er wissen mußte. Er hängte den Hörer ein und sank in der Telefonzelle zu Boden …

Blitze durchzuckten seinen Schädel.

Sie hatten die Waffen nicht auftreiben können, und der KGB-Killer hatte die furchtbare Drohung wahr gemacht. Marie war …

Manni sprang auf und rannte los. Über die Wilhelm-Sollmann-Straße, durch die alte Gartenstadt, über den Militärring in den Nordpark, und da drehte er eine Runde nach der anderen. Hoffentlich würde sein Herz das nicht mitmachen, hoffentlich blieb es einfach stehen, und er war da, wo Marie jetzt war ... Seine Beine trugen ihn nicht mehr, er torkelte zu einer Bank und ließ seinen Tränen freien Lauf.

Und wieder betrat nach einer halben Stunde diese gespenstische Ruhe seine Adern, und sein Kopf war klar wie selten zuvor.

Es gab noch eine andere Möglichkeit. Man hatte mit Barischov Kontakt aufgenommen, die Waffen aber nicht so schnell besorgen können. Und man hatte den Übergabetermin um eine gewisse Zeit verschoben, vielleicht auf heute abend, oder morgen. Um zwölf wollten Sergejs Leute sich bei Bedarf wieder mit ihm im La Strada in Verbindung setzen. Es war jetzt viertel vor elf. Manni ging zurück zu der Telefonzelle, wo er das Fahrrad stehen gelassen hatte und fuhr langsam los. Über die Simonskaul, dann weiter am Nordfriedhof vorbei, durch Nippes, am Cinedom vorbei, und um zwanzig vor zwölf betrat er das La Strada. Er setzte sich wieder an den Tisch, an dem er gestern gesessen hatte.

Paula sah ihn an, kam zu ihm, schaute ihm in die Augen und fragte: »Du bist dieser Manni, nach dem alle suchen, nicht wahr?«

»Ja«, sagte Manni.

Und Paula reichte ihm ein kleines zugeklebtes Briefkuvert. »Das ist hier für dich abgegeben worden.«

Manni nahm das Kurvert, und während Paula wieder hinter die Theke ging, ohne ihn nach einem Wunsch gefragt zu haben, riß er es auf. Darin war ein Foto. Manni zog es hervor und sah es an. Marie lag auf einer Matratze. Es sah so aus, als ob sie schliefe. Aber in ihrer Brust waren zwei Einschüsse und in ihrer Stirn ein dritter.

Manni verließ seinen Körper, und in die leere Hülle seiner Haut stieg ein Monster. Ein Monster aus kaltem Stahl, mit einer elektronischen Fernsteuerung im Kopf. Der Terminator.

XXVI

Er stellte die leeren Bierdosen von Charlys Vater auf eine Bahnschwelle und ging den Bahndamm entlang. Nach fünfzig Metern blieb er stehen und schaute zurück. Er legte sich auf den Boden und zog das Gewehr an seine Schulter. Er peilte durch das Zielfernrohr und drückte ab. Vier Treffer, nur ein Fehlschuß. Manni stand auf und legte Bahndammsteine auf die Gleise. Er ging zu den umhergewirbelten Bierdosen zurück und schoß die Steine ab. Er traf mit jedem Schuß.

Er ging zurück in den Campingwagen, lud das Magazin wieder auf, zurrte sich den Halfter unter die Schulter, wickelte das Gewehr in Maries Minnie-Maus-Decke und steckte das Bündel in ihren Schlafsack. Er montierte den Kindersitz wieder auf das Fahrrad und verschnürte den gefüllten Schlafsack darauf. Er steckte die Handgranate in seine Sakkotasche und fuhr los.

Die Neusser hoch, dann an der Rennbahn vorbei, rechts, dann links, und er erreichte die Einfahrt zum Niehler Hafen. Er fuhr an den Geschäftsgebäuden rechts vorbei, passierte die Einfahrt zum Tennisclub Schwarz-Weiß und gelangte zum Rheinufer. Er fuhr in Richtung Dom und überquerte den Strom über die Hohenzollernbrücke. Er rollte die Abfahrt hinunter, fuhr hinter dem Hyatt-Hotel herum und kettete das Rad zwanzig Meter vor dem flachen Verwaltungsbau auf der linken Seite an eine Laterne.

Er nahm Maries Schlafsack unter den Arm und betrat die Zentrale des Landschaftsverbandes Rheinland.

Der Pförtner sah ihn an, und Manni sagte: »Ich habe einen Termin bei der Heimaufsicht.«

»Zimmer 204, zweiter Stock, Sie gehen ... «

»Ich weiß Bescheid«, unterbrach Manni die Wegbeschreibung des freundlichen älteren Mannes.

Er stieg die Treppen hoch bis zur obersten Etage. Mit dem Schraubenzieher seines Offiziersmessers schraubte er die Blende vom Schloß der Speichertür und drehte den Zylinder. Er schloß die Tür hinter sich und stieg über eine Leiter zu der Dachluke hoch. Er drückte sie auf und betrat das geteerte Flachdach. Er ging zur Vorderfront und schaute über die gemauerte Brüstung zum Hyatt-Hotel rüber.

Rechts, etwas versetzt vor dem Portal, stand an privilegierter Stelle, die Nase nach vorn, der weiße Rolls-Royce Silver Shadow. Manni holte die zusammengefaltete Express-Seite aus seiner Tasche und schaute sich das Foto noch mal genau an. Der Anwalt half Sergej Barischov beim Aussteigen oder begrüßte ihn auch nur auf eine etwas seltsame Art. Was auch immer. Wichtig war, daß Barischov aus der hinteren rechten Tür ausgestiegen war. Er pflegte sich also auf der Rückbank hinter dem Beifahrersitz chauffieren zu lassen. Manni schaute zum Hoteleingang hinüber. Wenn Barischov wirklich hinten rechts einsteigen würde, parkte der Rolls ideal für sein Vorhaben.

Er ließ sich auf dem Dach nieder, lehnte sich mit dem Rücken gegen die Brüstung und wickelte die Waffe aus Maries Schmusedecke. Er schaute durchs Zielfernrohr, kontrollierte das Gewinde des Schalldämpfers. Alles schien vollkommen intakt zu sein. Er legte das Gewehr auf den Boden und kniete sich vor die Brüstung. Ein großer blauer Lkw vom WDR fuhr vor dem Hotel vor, gefolgt von zwei Pkw. Leute sprangen aus den Fahrzeugen und begannen emsig zu arbeiten. Kameras, Leuchten, Kabel wurden ausgeladen. Und nach einiger Zeit verschwanden alle im Foyer des Hotels.

Ein dunkelgrüner Ford Mondeo fuhr vor, und Köhler und sein Kollege Dietz stiegen aus. Sie eilten mit verspannten Schulterpartien durch das Portal.

Dann trat eine fast gespenstische Ruhe ein. Es fuhr kein Auto mehr vor, und niemand verließ oder betrat das Hotel. Manni schaute rechts die Straße hoch und sah, daß Streifenpolizisten die Zufahrtsstraße gesperrt hatten.

»Cosa desidera, Signora?« fragte der ältere, topgedreßte Kellner mit einer höflichen Verbeugung.

Marlena ließ die Fernbedienung in ihrer Hand sinken und schwenkte den Blick vom Fernseher zum Türrahmen, in dem der ergebene Service-Mann ihrer Order harrte.

»Un macchiato«, sagte sie, »e un amaretto, per piacere.«

»Grazie.« Der Kellner verbeugte sich wieder und zog die Tür hinter sich zu. Und Marlena schaute wieder auf die Mattscheibe.

Irre, hier bot das Kabel ihr fast vierzig Programme. Sie hopste wild zwischen Österreich, der Schweiz, Italien und Deutschland umher und blieb plötzlich bei der ARD hängen. Den dicklichen Typ mit der viel zu großen Brille in dem schweinchenrosafarbenen Gesicht hatte sie doch schon mal gesehen. War das nicht dieser Kölner Staranwalt? Der Bossi von Köln? Der sich dauernd im Express ablichten ließ?

Neben Lindenstock saß im Bildschirm ein gutaussehender, tadellos gekleideter Mann, vielleicht knappe zehn Jahre älter als ihr Manni.

»... ich bürge für die Richtigkeit der Aussagen, die mein Mandant Sergej Barischov nun machen wird«, sagte der Verteidiger gerade und übergab per Kopfnicken das Wort an seinen attraktiven Nebenmann.

»Herr Thielen«, sagte der Russe in recht gutem Deutsch, »wenn sie mich nun sehen und hören können, dann bitte glauben Sie mir! Ich habe Ihre Tochter nicht entführt, und auch niemand, den ich kenne. Das ist die Wahrheit. All meine Leute suchen nach ihr. Niemand will, daß der Kleinen etwas zustößt. Und Herr Thielen ...« er machte eine kurze Pause, »... an irgendwelchen Waffen, die man mir vor ein paar Wochen entwendet hat, bin ich auch nicht mehr interessiert ... Machen Sie bitte nur um Gottes Willen nicht den Fehler, den Druckbehälter mit dem roten Quecksilber zu sprengen. Das Ausmaß der Katastrophe wäre verheerend ...«

Marlena konnte nicht mehr länger zuhören, sie vergrub ihre Schneidezähne in ihrem rechten Handballen, und mit verzweifeltem Blick umkrallten ihre zitternden Hände die Fernbedienung.

»Bitte, Manni, bitte tu es nicht ...« schluchzte sie. »Manni, bitte, bitte nicht ... Wir lieben dich doch ... so sehr ... wir brauchen dich ... ohne dich ...«

Ihre Stimme erstickte.

Manni schaute zum Hotel hinüber. Es kam wieder Leben auf den Vorplatz. Kabelträger rollten Kabel auf, verluden Equipment. Manni hob die Waffe an den Rand der Brüstung. Zwei Polizisten verließen das Hotel, ihnen folgten der Anwalt und Köhler, und in der Mitte zwischen ihnen Sergej Barischov. Sie gingen auf den

Rolls-Royce zu, auf die hintere rechte Tür. Manni hatte Sergejs Kopf genau im Fadenkreuz.

Der Russe blieb vor dem Wagen stehen und reichte Köhler die Hand, und Manni drückte ab. Barischov riß seine Hand zur Schläfe hoch und sackte in die Knie. Manni feuerte noch vier Schuß auf den an der Seitenfront des Rolls Royce niedersinkenden Körper, der in dem dunkelgrauen Anzug von Armani zuckte.

Manni robbte zur Einstiegsluke zurück, stieg die Leiter hinab, öffnete die Speichertür und trat auf den Flur hinaus. Vor ihm stand der Einbrecher, neben ihm die karierte Kappe. Ein harter Gegenstand traf Mannis Schläfe.

XXVII

Ein unerträglich scharfer Geruch stieg durch seine Nase bis zum Nervenzentrum hoch. Manni öffnete die Augen. Vor ihm auf dem Kirschholzschreibtisch lag ein Personalausweis, ein Linienflugticket der Lufthansa und fünf Stapel Banknoten. Hinter dem Schreibtisch saß Doktor Norbert Reuter.

Die Kappe nahm das Riechfläschchen von Mannis Nase und verschraubte es sorgfältig.

Der Einbrecher lehnte an der Tür und freute sich, wieder mit der Pistole herumspielen zu können, die Ändi ihm während einer der letzten Nächte entwendet hatte.

Aber das Geld spürte er noch in seinen Stiefelschäften.

»Sie haben Ihren Job vorbildlich verrichtet«, sagte der Doc. »Hier ist Ihr neuer Personalausweis, auf den Namen Robert Wiener, ihr Ticket nach Acapulco und als Zusatzprämie noch mal fünfzigtausend US-Dollar. Meine Mitarbeiter werden Sie gleich zum Frankfurter Flughafen fahren, und um 22 Uhr geht Ihr Flieger.«

Manni starrte sein Gegenüber an.

»Meinen Job ... ?« fragte er fassungslos, und während der Doc den Telefonhörer aufnahm und die Redial-Taste drückte, setzten sich in Mannis Kopf allmählich die Mosaiksteinchen zu einem grausamen Bild zusammen.

Der Doc hatte das alles nur inszeniert, um Sergej Barischov aus dem Geschäft zu drücken, und Charly hatte er umbringen lassen, weil er ihm die Schuld zugeschoben hatte, daß Lucia nicht mehr seine Geliebte war, und Schumacher, weil der alte Kommissar der einzige war, der sich nicht von ihm in den Sack hatte stecken lassen. Und er hatte Marie getötet, damit aus Manni ein Mörder werden konnte. Der Mörder an einem Mann, der weder ihm noch seiner Tochter, Charly oder Schumi irgend etwas zuleide getan hatte.

Der Vesuv präparierte brodelnde Lava in Mannis Magen für einen gewaltigen Ausbruch. Manni fühlte unauffällig an die Außenseite seiner Sakkotasche. Die Handgranate war weg.

»Das ist nicht wahr ... « Er sprang auf und stürzte sich auf den Doc. »Sie haben Marie getötet, Sie Schwein ... Sie dreckiges ... !« Bevor Mannis Hände Doktor Reuters Gurgel erreicht hatten, saßen seine Oberarme in zwei Schraubstöcken fest, und der KGB ließ seine Stiefel in der Luft zappeln.

Der Doc reichte ihm lächelnd den Telefonhörer.

»Wollen Sie mit ihr sprechen?«

Manni starrte ihn an, und dann starrte er nur noch den Hörer an, aus dem ein leises Stimmchen beleidigt quäkte ...

Die Kappe ließ seinen Arm los, und Manni riß den Hörer an sein Ohr.

»Wo bist du, Papa?« fragte Marie mit jeder Menge Vorwurf in der Stimme. »Warum hast du mich nicht mal angerufen?«

»Ich weiß nicht genau, wo ich bin«, sagte Manni mit tränenschwerer Stimme. »Wo bist du denn, meine Süße?«

»In Italien«, sagte sie. »In einem Hotel. Einem schönen Hotel.«

»Und es geht dir wirklich gut?«

»Na klar!« sagte Marie. »Gestern hab ich gelernt, vom Beckenrand ins Wasser zu springen. Ganz allein, ohne Schwimmflügelchen.«

»Toll«, sagte Manni, »ich bin stolz auf dich.«

»Wann kommst du zu uns?«

»Bald«, sagte Manni. »Und grüß Marlena von mir.«

»Mach ich. Tschüü-üüsss.« Weg war sie.

»Morgen früh fahren Ihre Liebsten von Riva weiter zu Oma und Opa in die Abruzzen«, erläuterte Doktor Reuter selbstgefällig, »ich mußte sie zwei Tage in einem Luxushotel am Gardasee einquartieren, unter Einhaltung bestimmter Sicherheitsvorkehrungen.«

»Nein ... «, hauchte Manni völlig fassungslos.

»Vielleicht können Sie die beiden Mädchen ja in ein paar Monaten nach Südamerika nachkommen lassen«, demonstrierte der Doc weiter seine menschlichen Züge, »wenn Interpol nicht mehr ganz so intensiv nach Ihnen fahndet, und Sie schon rausbekommen haben, wo der Barthel da drüben seinen Most holt.«

Manni starrte ihn an. Er starrte auf das Ticket, er starrte auf den gefälschten Personalausweis und auf die Dollarbündel. Und er starrte auf die Pistole in der rechten Hand des Einbrechers.

Da krachte es ohrenbetäubend auf der Terrasse hinter Docs Rücken. Die Balkontür zersplitterte, und mit der Druckwelle flog der Doc gegen die Schreibtischkante und dem Einbrecher die Pistole aus der Hand. Der KGB und Manni klatschten an verschiedene Wände. Eine beißende Qualmwolke drang von draußen in das Luxusbüro, und aus dieser Wolke entstieg eine Kampfmaschine. Zwei Handkanten teilten die Luft in fünf fast gleichgroße Quader, und die Kappe lag im Garten. Die darunter gehörende Glatze klebte am Boden des Papierkorbs, und der Einbrecher versuchte winselnd, die Einzelteile des pulverisierten Kehlkopfs unter seiner Halshaut zu sortieren.

Manni hob die Pistole auf und richtete sie auf den Doc, der gelassen in seinem Sessel lehnte.

Doktor Norbert Reuter hatte schon einigen Mördern in die Augen geschaut. Sieben Jahre hatte er mit ihnen im Klingelpütz zusammengelebt. Heutzutage standen die Brutalsten seiner damaligen WG-Genossen bei ihm im Brot. Und in Rußland hatte er seine Mannschaft mit den Restposten der Roten Armee und des KGB komplettiert. Der Doc wußte, was jetzt auf der Tagesordnung stand. Und er bettelte auch gar nicht. Kein Flehen. Gar nichts. Vielleicht eine kleine Enttäuschung, okay. Es war, als ob er in der Bäckerei stünde, und die Bäckersfrau sagte: ›Tut mir leid, Herr Doktor, heute kein Bienenstich mehr da.‹ Das waren die Spielregeln. Wer zu spät kommt, geht leer aus. Er saß nur da und sah Manni an.

Und Ändi sah Manni auch von der Seite an und fragte mit ganz ruhiger Stimme: »Willst du es wirklich tun?«

Manni hob die Waffe in den Nebel aus Tränen und Handgranatenqualm vor seinen Augen und drückte ab … Und drückte ab und drückte ab. Er schrie und heulte und kotzte. Und er schoß. Er kotzte, bis nur noch grüner Schleim aus seiner Nase tropfte, und er schoß, bis die Pistole nur noch Klickgeräusche von sich gab.

Und bei dem dritten Klick berührte ihn etwas ganz Hartes ganz kurz an der linken Schläfe.

Das Gefühl des Schmerzes begleitete ihn nicht mit hinüber ins Reich der Finsternis und der pfeifenden Ohrmuscheln.

XXVIII

Rauschen, Rumpeln, Rauschen, Rumpeln, schon seit Ewigkeiten, und ein Bündel Sonnenstrahlen kitzelte ihn dreist an der Kinnspitze. Aber ein köstlicher Geruch verwöhnte sein Riechorgan, und sein dumpfer Schädel ruhte auf einem verdammt angenehmen, wohl temperierten Kopfkissen. Dafür ließen sich auch die im Koma befindlichen Beine in Kauf nehmen.

Manni schlug die Augen auf. Das Blau kannte er von Ändis Ozeanen. Nur diese beiden hier, direkt über ihm, waren rein geographisch betrachtet, noch um Klassen zauberhafter gelegen. Und wundervolle, schwarze, leicht nach außen gewölbte Wimpern wuchsen an ihren Ufern.

Er schaute in die zweitschönsten Augen, in die er jemals aus dieser knappen Distanz hatte schauen dürfen. Oder vielleicht doch die allerschönsten. Obwohl, Marlenas rehbraune hatten durchaus auch so ihre Faszination. Sei's drum. Beide schön. Wunderschön. Fast unerträglich schön.

»Wo bin ich?« fragte er.

Und Irina antwortete erleichtert lächelnd: »Zweihundert Kilometer vor Warschau.«

»Waaaaas?« Ein Ruck ging durch seinen Körper, ein Ruck, der mit zarter Gewalt in seinem Kopfkissen, bestehend aus zwei extrem wohlgeformten Oberschenkeln, erstickt wurde.

Manni erkannte Ändi auf dem Fahrersitz.

»Sag mal«, fragte er, »wie bin ich denn über die Grenze gekommen?«

»Als Robert Wiener«, antwortete Ändi.

Und da fiel Manni alles wieder ein.

Auf der Rückbank eines in Köln geliehenen VW Golfs bettete Miß Polen zur Zeit den Kopf eines Doppelmörders in ihrem Schoß. Und streichelte ihm wohltuend über die Stirn.

Marie lebte. Und er müßte von nun an damit leben, von deutschen Strafbehörden verfolgt zu werden, weil die beiden Oberhäupter des organisierten Verbrechens in Köln ihn dazu gezwungen hatten, sie quasi gegenseitig zu liquidieren.

»Und hast du auch an die Dollars gedacht?« fragte er, um die finsteren Gedanken erst mal loszuwerden.

»Ich dachte, die hätten dir zugestanden«, sagte Ändi.

Manni lächelte. Und Irina lächelte auch.

»Und in meine Stiefel hast du auch geschaut?«

»Klar«, beruhigte ihn Ändi, »die sind noch randvoll gestopft.«

Manni rechnete einen Moment vor sich hin. »Dann haben wir ja umgerechnet gute zweihundertfünfzigtausend Deutschmark an Bord.«

»Wieso?« wollte Ändi wissen. »Hast du schon knapp hundert Mille verblasen?«

»Nee«, sagte Manni leicht irritiert. »Nur fünf. Die hab ich eurer Anja gegeben. Weil sie versprochen hatte, für Marie zu beten.«

»Dann sind noch zweihundertfünfundvierzig an Bord«, präzisierte Ändi, »und die fünfzigtausend Dollar.«

Manni schaute fragend zu Irinas wunderschönen Gewässern hoch.

Und sie sagte: »Der Typ in Mannheim war ganz in Ordnung, er hat kapiert, daß mit mir kein Geschäft zu machen war.«

»Aber er hatte doch in dich investiert ...«

»Ja sicher«, sagte Irina lächelnd, »und zwar nicht schlecht.«

»Erklär mir das«, bat Manni.

»Er hat von Ändi«, sagte sie, »im Gegenzug für mein freies Geleit, verlangt, daß mein Brüderchen mal kurz in dem Konkurrenzschuppen nebenan vorbeischauen sollte.«

Manni lächelte. »Und jetzt gibt es keine Konkurrenz mehr«, schloß er messerscharf.

»Richtig«, bestätigte Irina mit einem frechen Nicken ihres schönen Kopfes.

Obwohl die Abnabelung ihm nicht gerade leichtfiel, rappelte sich Manni jetzt aus ihrem Schoß hoch und legte seine Arme um Ändis Brustkorb vor ihm auf dem Fahrersitz.

»Und wie hast du mich bei Doc Reuter gefunden?«

»Ich hatte Angst um dich«, sagte Ändi, »und um moje Sloneczko ganz besonders. Als das Geschäft mit Irinas Besitzer so mühelos geklappt hatte, sind wir nach Köln zurückgefahren und standen um Punkt fünf Uhr, wie verabredet, vor dem Marien-Hospital. Aber kein Taxi mit Manni auf dem Beifahrersitz fuhr vor, sondern ein mattschwarzer Jaguar XJ 120 mit getönten Scheiben. Und dieser Doc kam nach zehn Minuten mit deiner Frau aus dem Krankenhaus raus.«

Ändi setzte den Blinker und überholte auf der holperigen Überlandstraße einen sechsachsigen Molkerei-Lkw.

Manni wühlte derweil die verbeulte Packung Gauloises Blondes aus seiner Jeans und steckte sich eine an.

»Gibst du mir auch eine?« fragte Irina.

Manni sah sie an. »Und du trinkst auch Wodka?«

Irina lächelte und nickte. »Manchmal ja.«

Manni machte eine zweite Zigarette an und steckte sie ihr zwischen die saftigen Lippen.

»Wenigstens ein normaler Mensch in eurer Familie«, sagte er erleichtert.

»*Ty Hujo*«, drang es vom Fahrersitz zu ihnen auf die Rückbank rüber. Ein mißbilligender Blick durchbohrte ihren Bruder, und Irina schüttelte pikiert ihre Haarpracht.

»Tee vom Hugo?« fragte Manni. »Und was heißt das auf Deutsch?«

»Altes Arschloch«, kam es trocken von Lenkrad.

»Stimmt nicht!« intervenierte seine Schwester lächelnd, deutete mit ihrem perfekt manikürten rechten Zeigefinger auf die fünf Knöpfe, die in seinem Hosenstall für Ruhe und Ordnung sorgten, und flüsterte: »*Ty Hujo* heißt: du Schwanz.« Und nach einer kurzen Pause fügte sie leicht verschämt hinzu: »Aber das sagen nur sehr ordinäre Männer zueinander, in Polen.«

»Aha«, gab Manni zurück. »Gut zu wissen.«

Er zog intensiv am Filter seiner Zigarette und richtete das Wort wieder an Ändi: »Wie ging's dann weiter in Köln?«

»Ich bin dem Jaguar gefolgt«, erzählte Ändi. »Am Flugplatz wartete schon startklar ein Mini-Jet auf deine Frau und *moje Sloneczko*.«

»Auf Marie?« Manni konnte es kaum glauben. »Dann war sie ja nur knapp zwanzig Stunden in Docs Gewalt.«

»Es kann ihr nicht so schlecht ergangen sein«, sagte Ändi, »den halben Flieger stopfte der Doc voll mit Puppen und Spielsachen, die er ihr wohl gekauft hatte. Und zum Abschied gab sie ihm unaufgefordert ein Küßchen.«

»Ein Schwein mit Herz«, sagte Manni nachdenklich.

»Ich bin dem Jaguar zum Hahnwald gefolgt«, beendete Ändi seine Schilderung, »und habe dort gewartet, bis dich der KGB anlieferte.«

Manni drückte die Zigarette im Ascher aus. Das würde er alles nicht so leicht wegstecken. Daran hatte er zukünftig noch mächtig zu kauen, vermutlich bis ans Ende seiner Tage.

»Halt mal bitte an der nächsten Telefonzelle«, bat er Ändi.

»Hast du polnisches Münzgeld?«

»Nee«, erwiderte Manni, »woher denn?«

»Hat es denn nicht noch zwei Stunden Zeit?« fragte Irina. »Dann könntest du in Warschau von unseren Eltern aus anrufen.«

»Stimmt eigentlich«, sagte Manni.

»Du willst diesem Kripo-Mann sagen«, spekulierte Ändi, »wo das rote Quecksilber versteckt ist, nicht wahr?«

»Volltreffer.«

Dann sah Manni Irina an. »Ist Warschau eine schöne Stadt?«

»Sie hat sehr schöne Ecken«, sagte die Göttin der Schönheit.

Manni dachte einen Moment nach, und fragte dann:

»Gibt's da eine deutsche Grundschule?«

»Ja«, sagte Irina lächelnd. Und nach einer kurzen Pause fügte sie hinzu: »Andrzej hat mir schon so viel von deiner süßen Tochter erzählt, ich freue mich sehr, sie kennenzulernen.«

»Und italienische Restaurants?« wollte Manni wissen, der sich schon wieder auf einem ganz bestimmten Trip befand.

»Die kommen so langsam in Mode«, sagte Ändi.

»'ne Kneipe mit Reissdorf Kölsch?«

Ändi zuckte mit den Schultern. »Gibt's noch nicht, so viel ich weiß.«

»Hört sich doch nicht verkehrt an, das Ganze.«

Manni schaute aus dem Fenster. Die Landschaft war auch ganz nett. »'ne Pizzeria mit Reissdorf Kölsch vom Faß«, murmelte er vor sich hin, »... in Warszawa ...«

Und die vier Ozeane um ihn herum glänzten in der Morgensonne.

Köln-Krimis im Emons Verlag

TÖDLICHER KLÜNGEL
Köln-Krimi 1 von Christoph Gottwald
Paperback, 144 Seiten, ISBN 3-924491-01-1, 14,80 DM

DREIMAL NULL IST NULL
Köln-Krimi 2 von Frank Schauhoff
Paperback, 152 Seiten, ISBN 3-924491-03-8, 14,80 DM

LEBENSLÄNGLICH PIZZA
Köln-Krimi 3 von Christoph Gottwald
Paperback, 142 Seiten, ISBN 3-924491-07-0, 14,80 DM

YELLOW CAB
Köln-Krimi 4 von Uli Tobinsky
Paperback, 156 Seiten, ISBN 3-924491-10-0, 14,80 DM

DER SCHWARZGELDESSER
Köln-Krimi 5 von Frank Grützbach
Paperback, 204 Seiten, ISBN 3-924491-16-X, 16,80 DM

TOD IN DER SÜDSTADT
Köln-Krimi 6 von Rüdiger Jungbluth
Paperback, 160 Seiten, ISBN 3-924491-26-7, 14,80 DM

SCHMAHL
Köln Krimi 7 von Peter Meisenberg
Paperback, 146 Seiten, ISBN 3-924491-31-3, 14,80 DM

HUNDERT NÄCHTE LÖSEGELD
Köln-Krimi 8 von Rolf Hülsebusch
Paperback, 150 Seiten, ISBN 3-924491-36-4, 14,80 DM

KAMELLE
Köln-Krimi 9 von Ralf Günther
Paperback, 174 Seiten, ISBN 3-924491-39-9, 14,80 DM

MARIE MARIE
Köln-Krimi 10 von Christoph Gottwald
Paperback, 177 Seiten, ISBN 3-924491-46-1, 14,80 DM

Die neue Reihe: Köln Krimi *Classic*

NACHT ÜBER NIPPES
Köln-Krimi-*Classic* 1 von Edgar Noske
Paperback, 160 Seiten, ISBN 3-924491-45-3, 14,80 DM

Köln wie es war. Die Krimis der Reihe Köln-Krimi-*Classic* laden ein zu einer Entdeckungsreise in Kölns Vergangenheit: von der Antike bis zu den 70er Jahren. Genaue Recherchen verknüpft mit Spannung und Witz lassen die alten Zeiten wieder lebendig werden. Nur die Toten bleiben tot.

Der erste Band der Reihe, *Nacht über Nippes* von Edgar Noske, spielt in den 50er Jahren im Schieber- und Gaunermilieu der Domstadt. Da ist Schnaps nicht immer nur Schnaps. Aber daß man deshalb gleich neben einer unbekannten Toten erwacht, die noch dazu mit dem eigenen Gürtel erdrosselt wurde, wäre auch ohne Kater ganz schön häßlich. Was tun, wenn einem ein Mord angehängt werden soll, man sich an nichts erinnern kann, die Polizei einem als stadtbekanntem Schmuggler sowieso mißtraut, die Geliebte einen verlassen will und die Ex-Frau sich mit dem Obergauner liiert hat? Leo Saalbach muß den Mörder selbst suchen, wenn er nicht den Rest seines Lebens im Klingelpütz verbringen will.

Edgar Noske, Jahrgang 1957, lebt als freier Autor bei Köln. *Nacht über Nippes* ist sein erster Roman.

Express: *Noske liefert mit seinem Erstlings-Roman ein kleines Meisterstück ab. Von Edgar Noske möchte man noch mehr lesen.*